行在云端的河

周国祥 主编

山西出版传媒集团 北岳文艺出版社
BEIYUE LITERATURE & ART PUBLISHING HOUSE
·太原·

图书在版编目(CIP)数据

行在云端的河 / 周国祥主编 . —太原 : 北岳文艺出版社， 2023.7

ISBN 978-7-5378-6725-2

Ⅰ . ①行… Ⅱ . ①周… Ⅲ . ①中国文学—当代文学—作品综合集 Ⅳ . ① I217.1

中国国家版本馆 CIP 数据核字（2023）第 099070 号

行在云端的河

周国祥◎主编

//

出品人
郭文礼

选题策划
刘卫红

责任编辑
刘晓京

书籍设计
石媛元

印装监制
郭勇

出版发行：山西出版传媒集团・北岳文艺出版社
地址：山西省太原市并州南路 57 号　邮编：030012
电话：0351-5628696（发行部）　0351-5628688（总编室）
传真：0351-5628680
网址：http：//www.bywy.com　E-mail：bywycbs@163.com
经销商：新华书店
印刷装订：山西润金容印业有限公司

开　本：787mm × 1092mm　1/16
字　数：167 千字
印　张：15
版　次：2023 年 7 月第 1 版
印　次：2023 年 7 月山西第 1 次印刷
书　号：ISBN 978-7-5378-6725-2
定　价：72.00 元

本书为山西省高等学校教学改革创新项目“黄河文化融入高校育人机制的探索与实践”（J2021592）、运城学院教学改革创新项目“黄河文化融入高校育人机制的探索与实践”（JG202102）、黄河文化生态研究院建设项目、运城学院中文系学科建设项目成果。

目录

散文篇

小说篇

诗歌篇

散文篇

行在云端的河

康復

每一个秋风浓郁的日子里，躺在床上的我总是喜欢半寐，保持一种似睡非睡的状态。秋的气息裹挟着些许叶片的痕迹悄悄从微开的窗隙里探进头来。雨点的声音忽大忽小，不均匀地在某一个地方停顿着，清脆而犹有厚度。这些声音、颜色、温度、感觉混杂在一起，仿佛一种震荡的波纹，与我潜藏在心底早已沉寂的故乡以同样的频率跳动着。现实与过往开始慢慢杂糅，在我的心里产生了一种奇妙的共鸣。我的眼皮渐渐沉重起来，所有的东西在视线里缓缓倒退，关于那条河的记忆和轮廓却像湮没的岛屿一样慢慢浮现了出来。

不知道我关于那条河的记忆是什么时候开始的，但它仿佛一直都存在，在现实中，在属于它的河道里驰骋；在记忆中，在我对于它的构想中停泊。在我早已朦胧的记忆中它是一种忧伤的形象。清晨，在河两岸的山上望去，刚刚从睡梦中苏醒的阳光呈一种微妙的带着些许红晕的蛋黄色。夜晚的河气温比较高，等到了早上，它开始渐渐变低。冷热温度混杂在一起，就产生了浓郁的大雾。蛋黄色的光撒在细密而又绵沉的雾里，只有少部分能从雾的薄弱边缘穿过去，投射在河面上。在两岸不太高的山上向河中望去，那场景颇像法国印象派画家莫奈的作品《日出印象》。光与雾混杂在一起，分不清彼此，河水哗哗然的流动声于无人的清晨显得格外的温柔。那一刻你无法分清哪是云哪是雾，哪里是天上哪里又是地面。听着河水的流动，仿佛这条河是从云端里出来连接到地面的。在视线无法捕捉和观察的地方，你会有这样一种感觉，这条河它是行驶在云端的，河水是在云雨雾交织的天空里流过。它与贾平凹在关于秦岭的论述中所描绘的一种“河在峰头流过”的景象有异曲同工之妙。

河水又是孤独的，它的源头在遥远的巴颜喀拉山，它走下青藏高原，漫过滚滚黄沙，迈过巴颜喀拉山、贺兰山。然后在某个地方开始停留转折。我所一直熟悉的就是它漫长旅程中的某一段。跟大多数山西境内的盆地结构不太一样，这里是两条矮小而连绵的小山脉，它们分别位于山西和陕西的境内。河水以及河道从两条山脉间划过，成为了最天然的地域分割线。河水不止分开了地域也分开了口音以及其他的一些民俗，但又隐隐约约地把它们联系在了一起。河对岸的我们操着一口已经不太浓郁的伴着陕西口音的山西方言，河对岸的他们说话含着一股带着山西话的陕北口音。

从某种角度上来说，河的方向影响了人的方向，河的性格影响了人的性格。我们的城市是沿着河流来去的方向而建设的，我们像是它的附庸，跟随着它的脚步。这一点无论是河的此岸或者彼岸都保持着高度的统一性。两岸都是有山的，曾经的河水漫山下而过，汹涌而浩荡。以前的城市大都建在离河较远一点的地方，两岸的城市在历史上都是重要的战略防御据点。河的两岸通常是为不同的势力所占据，无论是有一方要入主关中，寻得一方战略要地；或者有一方想要染指中原，这条河这些城都是必经之路。这里的人在漫长的历史中与河朝夕为伴，他们也沾染上了豪放、热情的气息。

在过往的时间里我时常会这样冥想，我可以是这条河的任意一个部分，一朵水花、一个激起的泡沫、一只从它上方飞过的燕子。我无数次想伴随着它的脚步找到它的家乡和归处。我试图跟它交流，了解它的一些往事，它总是沉默着，静静地从这里流淌而过。直到有一天，从河岸吹来的风中，夹杂着数不清的细小沙粒与尘土。风转得很快，它在空旷的河道里尽情地舞文弄墨，沙土不断地飞扬，迅速升起，不断流转，直到很久很久以后才缓缓地降落。它曾经流淌过的山脚，早已沧海桑田化为了沟壑与屋宇，它宽阔的脊背如今已老态龙钟，成为了野草的天堂。

离开河流，便是另一片天空。肆意望去，峭立的石壁处处耸然，黄土高原若干年的搬运也只在它的表面留下了薄薄的一层土壤。但正是在这微弱的土壤里孕育出了最坚韧的植物最坚韧的人民。

走出峭壁便能见到又一种景色，千沟万壑的梯田与坡地的角落上各种各样的树木显得很是葱郁。一段又一段地走，可总是走不到尽头。看此山望彼山，到彼山望那山。就这样走着，从朝阳到日暮，所有的景色怎么看都不会重复不会觉得厌烦。田野里高低各异的作物，从不同的角度仰望着阳光；各种银白与粉红色的小花，不太纷扰地开着，有的抱在一起，有的分散孤单。走在这样的路上即使是一个人也不会觉得太孤单。影子拉得很长被破碎的路面分成了不匀称的碎块。就这样走着，直到所有的一切都暗下来，所有的东西都只剩下了一道道的黑影，偶尔会有动物穿过田野的声音传来。这一刻说不清道不明，仿佛我触摸到了一丝世界的律动，但它又远远地离去了。

时间慢慢地随着河水的声音走远了，像我生命中经过的其他事物一样。它对我来说开始变得模糊了，无论我怎样努力地去回想，它的面容都在从我的世界里退散着。雨点像小鼓声砰砰地击在窗边的玻璃上，它把我从一个回忆的梦里吵醒了。楼外的落叶堆积了很久，它们惬意地睡在了地上。风一吹来它们就散开了，风一过去，它们又挣扎着往一处扎堆团聚。每一片落叶都写满了苍茫，都是一个被遗弃的符号。在铺开的叶面上，我好像又看到了那条河在流动，它的流动并不只存在于那局限的物理空间，它可以在云端，在地上，在任何一个它想要去的地方。它的生命只属于它自己，每一个地方对它来说都是回忆但也都是过往，它不用去演绎谁的法则，只为浩荡的远方而汹涌。

（经济管理系 1907）

信仰——黄河

王荟芳

前 记

越靠近黄河，我的心情便越发激动难抑，白日里做着与黄河相关的资料调查，晚上梦里也尽是黄河澎湃的激荡声。那种雄壮又激昂的嘶吼声并不似电影、视频又或是在黄河边的直观直感，而像是一种来自灵魂的呼唤，像是母亲呼唤她最疼爱的孩子。

见到南河老人的这一天，老人家站在矮山上，陪他刚从北京回来的小孙子看河。老人头发霜白，静静地站在那里，目光望向静静流淌的黄河水，不悲不喜，仿佛连骨血灵魂都融入了这黄色的水中，被带向了天际。

我站在他们身后，举着相机静静地站了很久，才眨眨酸涩的眼睛，迈步走了过去。

“南河爷爷。”

老人听到唤声，缓缓地转过身来，一双湿润的眸子淡淡地望过来。

那一刻，我的心狠狠地颤了颤。

就是这样的眼睛，我终于找到了！

一

我的名字，叫南河。要真算起来，我们村里能找出十几二十个南河来。这个名字，委实起得不太走心。

我们的村子叫南河村，村里有一条河，叫南河。沿着这条河往下游走，到了村口那一块，就能看到奔流不息的黄河了。南河是从黄河分出来的一股小细流，温温柔柔地从后村流到前村，不声不响地养活了几代南河村人。

老祖母在世的时候，遇着农闲时，就带着我们这些顽皮的小子去河边捉泥鳅玩。这个一辈子没离开过村子的裹脚老太太把她一生的温柔都给了我们。

那个时代的女人家都是裹了脚的，走不了远路，老了之后，更是站会儿都难受。但老祖母总是跟着我们这些小辈的，怕我们玩水出了意外，她总是笑眯眯地坐在一旁的大青石头上看着我们。等到我们玩累了，她再和我们一起伴着残阳回家。

童年里，所有关于南河的回忆，好似都有老祖母的身影，洗衣服、淘米、玩水。那双布满老茧的手，沾染了一辈子的黄河黄沙，终是被染成了淳朴的黄色。

在那个年代，或多或少地每一个村子都会有属于自己的山神或者河神。南河村的神，自然就是南河神了。

在儿时的记忆里，河神这一神秘的传说因为某些不可言说的原因似乎并非那般遥不可及。

至于这原因，不外乎就是小孩子的那点小心思。

“神哟！……好吃好喝，保佑风调雨顺喽……”

拳头大的白面馒头、红艳艳的大苹果、一碟薄薄的白砂糖……那是给河神的“贡品”，也是我们小孩子的美食。

那时候的兄弟姐妹总是在心里庆幸着，老祖母并没有像其他的村民一样把“贡品”全部扔到了河里，而是偷偷藏起一部分，回家后分给我们。

所以在那几年里，对我们来说，春节是没有祭河神日有吸引力的。

儿时好玩，我也曾央求祖母带我出村，在村头的矮山上看那河涛滚滚东流。老祖母说：“这是黄河……南哥儿，是她养育了你，你得记她一辈子的恩……”

那是我第一次看到黄河，看到南河的母亲。

那一夜，我梦见了她在呼唤我。山海澎湃，却是温柔得很。

二

老人们常说：靠山吃山，靠水吃水。这是对的。

老人们也常说：雷霆雨露，俱是天恩。这也是对的。

在我十几岁的时候，黄河决堤，南河村遭了涝灾。

平平淡淡过了一辈子的南河村民，似乎从来都没有想过，一向温和的南河发起脾气来竟是这样令人恐慌。

一场暴雨中，黄色的河水涌入南河，像是脱缰的烈马，冲毁了堤岸，冲走了房屋。南河村一夜之间变成了黄色的海洋，曾经被人们信奉为神祇的南河，变成了灾难。

两个哥哥就是在那场洪水中被冲走的。等水退了，他们的尸体被发现时，已被泡软了。还有很多经常在家门口碰过面的叔叔伯伯，却是连尸体都没有找到。

那段时间，老祖母的精神一直都很恍惚，她总是一个人坐在墙角，一遍遍地念着哥哥们的乳名，念着念着，眼里就流下了泪水。

“南哥儿呦！你两个哥哥被河神带走了啊……”

“你说，河神会疼他们吗？像奶奶一样疼他们……”

我不知道河神会不会疼我那两个哥哥，我只知道，河神也是会生气的。

灾难过后，日子还照样得过。村民们加固了堤坝，重建了房屋，村子再次恢复了之前的平静。只是后山上多出来的新碑，还是默默昭示着刻骨的痛苦。南河还是平静温柔的，村头的黄河还是一如既往地奔腾不息，只是对于河神，村民们终是少了几分亵渎，多了几分敬畏。

后来，老祖母走了。

这世上，终究是只剩下了我一个人。

我总是会想，可能那场洪水带走的，不仅仅是我的两个哥哥，还有那么那么疼爱我们的老祖母。或许是河神不太会照顾调皮捣蛋的小孩子，所以便召了老祖母去帮他。

那一年，我十七岁。距离那场灾难，已经有四个年头了。

我按照老祖母的嘱咐，将她的遗体火化，撒在了滚滚东逝的黄河水里。村里人骂我不孝，我默默承受着，跪在岸边磕了三个头，那一刻，耳边汹涌澎湃的黄河咆哮化作了老祖母温柔的声音——

“南哥儿，我见到天哥儿和海哥儿了……”

见到了吗？那便好。

那一年，我离开了南河村，带着村民们的期望和谩骂，乘着船夫的渡船离开了那个我生活了十七年的地方。

三

直到现在，我都认为，那次离开，是河神对我的指示。

我在渡船上听着河水声声咆哮，像是听到他对我说：“走吧，我儿！……”

我听了他的话，真的走了，二十年都没有再回来。

在外面拼搏的那些年，我做过很多工作，跟人跑过货，下过海，站过岗，再累的活都干得了，再大的苦都吃得下。那时候，长在我骨子里的黄河的性情才发挥了它真正的作用。坚韧、沉默、淳朴、这是黄河教给我的东西。

第一次下海是在渤海湾，我跟着相熟的人跑一批货，不出意外的话能挣上一大笔。

那是我第一次看到黄河入海口，从此再也没能忘记。

平缓的河水携带着黄色的细沙一点点地漫向海洋，以一线为界，蓝色与黄色平分秋色、势均力敌，却又相融相成，海纳百川便是如此了。夕阳下，那一条界线逐渐被红霞模糊，显露出不为人知的宽容。

那次下海，我赔光了所有身家，所幸本来也没有多少。那次的失利，让我吃了不少苦头，却也让我懂得了许多处世之道。在没能出人头地之前，伏低做小、低三下四这是必须要做的，让浑身的逆鳞反向生长，融入骨血隐藏起来。只有这样，才能活出头。

在我最艰难的时候，总是会想到已逝的老祖母，想到村头奔腾不息的黄河。每每午夜梦回，泪湿前襟，在耳边回响起的总是黄河的激情咆哮。

我知道，她在唤我，让我坚强。

老祖母说过的，我是黄河的孩子。想来是她看到我在外面受了苦，心疼得厉害，这才夜夜入我梦来安慰。

我离开南河村近二十年，从一个背井离乡的毛头小子，最终成长为一个小有成就的生意人。从一无所有，到最后的衣锦还乡，只有黄河母亲知道我受了多少苦。所以，在我有能力活下去的时候，我回去了。

二十年前，我背着单薄的行囊，一步一个脚印走出南河村。二十年后，我开着车，带着妻儿回到了南河村。

当那黄色的河水映入眼帘，当那汹涌澎湃的声音入耳，我当时就忍不住哭了起来。年近不惑的人，跪在河岸前哭得像个孩子，倒是把妻儿吓了一大跳，忙俯身去扶我。我却不想起来。没有人能够体会我当时的心情。我跪在黄河前，就如同久居他乡的游子跪在母亲面前，所有的无处诉说的委屈与曾经的艰难，在那一刻得到了宣泄。

我走的时候，村子里一片破败，家家户户住茅草房，生活上拮据得很。没想到的是，现在村子的情况，和记忆中的样子，似乎并没有太大的区别。

老村长是族里的长辈，一看到我眼泪就下来了，握着我的手又哭又笑的，令我一阵阵心酸。

当年离开村子的时候，老村长给过我一笔不菲的路费。

“南哥儿……回来就好！回来就好！”

我笑着点头称是。

老村长说，在我离开村子后，也有不少年轻的孩子离开了，只是这么多年了，没有一个人回来。他总以为，我也不会回来了。

“根叔，瞧您说得。当年的路费都是您给我的，我不回来去哪啊！”

听到我提起当年的事，老人嘴里叼着大烟斗，笑得眼睛都看不见了。

“南哥儿是个好样的，叔知道。”

后来我才知道，在那个家家都揭不开锅的年代，一向迂腐抠门的老村长竟然给每个离开村子的人一笔路费。他是真心希望这些年轻人能够活下去。

只不过驱使我回到这里的，不仅仅是老村长的那笔路费，还因为我的老祖母在这里，哥哥在这里，我的根在这里，我的一切都留在了这个小小的村子里，留在了村头的那条河里。不回来我又能去哪里呢？

四

既然回来了，就该做些事，不管是什么，总归是要让村子里的人过得更好。

根叔说，给娃们弄个学校吧。

我想了想觉得不错，马上就联系了几个朋友开始张罗。

村子里没有多少文化人，也没有学校，半大的孩子都是散养的，见天地满村野，长到一定年纪的时候娶妻生子。儿子女儿出生后继续散养，重复着他们父辈祖辈的命运。

我也是这么长大的。黄河水的野性和朴实刻在了骨子里，却也将我禁锢在一方天地里。直到我离开了这里，我才发现，外面的世界是那么精彩，每个人的人生都可以是多彩的，有价值的。

一年后，南河村第一所小学建成。

五年后，南河村第一所中学建成。

我的儿子、女儿是南河村小学的第一批老师。

不得不说的是，之前离开的那些年轻人都捐了款，不管有没有回来，不管有没有亲眼见证家乡的变化，他们都是爱这个地方的，这份爱和我心中的爱并没有什么不同。

学校建成后的第一件事就是祭河神。

村长领着一村男女老少来到村头，摆好瓜果香案，然后便跪在岸边念叨。那些词句在我的认知中依旧是晦涩难懂的，不过大致意思无非就是将南河村的发展诉诸河神罢了。告诉河神，看，我们是很厉害的，您不用发怒，也不必忧心，我们能保护好自己，也能护好您。

到了现在，河神这一存在已经不能单单用迷信两个字来解释了。那是一种信仰，是乡民们在万千艰苦中的慰藉，是精神的寄托。

我给老祖母磕了头，给两位哥哥磕了头，给早逝的父母磕了头。现在，我终于能够心安理得地同他们说一声：我没有辱没了河神给我留下的这条命。

曾经多少个日日夜夜，我都在想着，为什么黄河带走了老祖母和哥哥们，单单留下我一个人？在每一个被噩梦惊醒的午夜，我也曾恨过，绝望过，恨世道不公，恨世态炎凉。而现在，我不再会恨，也不再有绝望，因为他给我的，远比我失去的要多。

从南河村走出去的孩子散布在祖国的大江南北，也有的孩子去了海外。不过我是不担心的，因为我知道，这些浸染过黄河水的孩子不管走到哪里，都能够让自己活得很好。2003 年的时候，儿子结婚，然后去了美国，在那边生了个白白胖胖的男孩。我和老伴乐坏了，天天开着视频要看大孙子。白白嫩嫩的娃娃挥着小手喊“爷爷，奶奶”，可爱得令老两口心都化了。只是看着黑眼珠亮晶晶的小孙子，我心里却不是那么舒坦。

“儿子，美国那边的生活好不好？你们……还回来吗？”

没想到我刚问完儿子就笑了，他说：“爸！瞧您说的！美国再好能有咱家好？哪还能不回去呢？我来美国是因为小若要读书，等过两年小若毕业了，我们就回去。您老放心，我还惦记着咱村头的河呢！”

“……也不是，爸就随便问问。”

被儿子撅了脸皮，虽然老脸有些挂不住，但心里那点不舒坦终究是烟消云散了。

现在的南河村发展得越来越好了，农业旅游观光火了。火车有了，高铁也会有的。只是我却越来越不想说话了。

或许是人老了，跟不上时代的脚步了，每每看到南河上游艇穿梭，老房子一间接着一间被推倒，我这心头就堵得慌。

不过这到底是好是坏，我也说不好，根叔几年前就走了，也没人能告诉我一个值得信服的答案。——那些开发商跟我说的话，我觉得有些瑕疵。

五

人老了，不好管太多，否则会被人说闲话的，所幸我也不是什么好事的人，早两年就退了下来，把村子交给了年轻人。我每天在院子里喝喝茶，看看书，有空去村头溜达溜达，倒也乐得自在。

前两年，儿子一家三口回来了。儿媳妇考了博士，说要去北京工作，我说好啊，就该这样！儿子觉着放不下我，让我也一起去。我笑着摆手，说不用。

“爸所有的东西都在这里呢，实在是走不了。”

一年前，老伴也走了，无病无灾，走得很安详。这个生在大城市、长在大城市的女子终究是把她最好的几十年留给了我，留给了这个村子。我很感激她，又怎能弃她而去呢?

儿子了解我，也没有过多劝说，去村头给曾祖母磕过头后，便带着妻儿去了北京。

现下，我是真的清闲了。

这就又是一个问题了。

虽然有很多人说我年事已高，应该跟着儿子去大城市享清福，但我不这么认为，我觉着我的身体还可以，还能再活小十年，哪怕哪天真的去了，尸体一火化，骨灰撒在村头的黄河里，也不是特别费事。所以我现在又开始捣鼓树，想要在村头的矮山上种树。

很多人劝我别折腾，我不听，打电话托人买树苗，请人来种，一点都没耽搁。我乐意干这个，因为长满树的矮山，才像我记忆里的山。不知道怎么了，这些年山上的树全变成了一个个旅游设施，看着闹得慌。

所幸我这黄河水淹到脖子的人，也没人计较我这一点点的任性。

今年，小孙子被儿子送到村里过暑假，小孩吵着闹着要看河，我拗不过，只好应了。

站在村头的矮山上，小孙子看着奔腾而去的黄色波涛，满目欢喜。

“爷爷，爸爸说这里有河神，是真的吗？”

我笑了笑，回答："假的，你爸骗你呢。"

"不过，没有神的河也可以保护你，只要你信他，爱他。"

小孙子听懂了，眯着眼睛冲我笑。

"就像爷爷一样吗？只要我爱爷爷，信爷爷，爷爷就会保护我，对吗？"

对吗？对吧。

我笑着点头。

爱和信任，人与人、人与自然之间不就是需要这些东西吗？

我这一生都被黄河护着，生死都与她有关。所以，我是幸运的。

后 记

记下最后一个标点符号，我合上笔记本，然后怀着满腔的感动握了握南河爷爷的手，我能感受到老人掌心深深的纹理，那是时间的刻痕，是属于一个山河的儿子专有的印记。

最后一个问题：请您用两个词来形容您心目中的黄河。

老人回答："母亲，信仰。"

好，今日的寻访之旅到此结束。

我弯腰，深深地鞠躬，向黄河，向这位老人致以最真挚的敬意。

（政法系 2001）

讲好黄河故事，凝聚传承力量

甄梦杰

黄河，这条看着中华民族经历五千年兴盛衰败的中国第二大河，气势如虹波澜壮阔。光未然的《黄河颂》，歌颂了黄河的伟大，歌颂了黄河的重要，歌颂了黄河母爱般的精神光辉。许多英雄的故事都在她的身边上演，是那样的感人，那样的悲壮。

我心目中的黄河，是本记载中华民族几千年来传奇经历的史书，里面藏有太多的奥妙，它激励着一代代中华儿女不断地去探索、研究。

我心目中的黄河，是个充满志气与青春活力的男孩，他迈出矫健的步伐，带着永不服输的精神，勇往直前，不断去开拓与创新，去发展。

我心目中的黄河，是一位翩翩起舞的少女，她用婀娜多姿的舞步，跳出了女性的温柔。

我心目中的黄河，是伟大的母亲，她用甘甜的乳汁哺育着她的众多儿女。她无私地奉献一切，教导她的儿女们，陶冶他们的情操。她用无数次磨难来锻炼他们，使中华儿女更加坚强，更加乐观。

黄河在地势平坦的地方平静地流淌着，灌溉着两岸的农田，用善良的心造福于人民。黄河绵延五千多公里。黄河流域面积七十五万余平方公里，是我国重要的生态屏障和重要的经济地带。事实上，黄河已经不仅仅是一条波澜壮阔的自然之河，她是一条源远流长的文化之河。比如，“君不见，黄河之水天上来，奔流到海不复回”，李白的这首《将进酒》就折射出中华儿女对黄河的情感。《凉州词》《登鹳雀楼》《黄河颂》……这些和黄河相关的文艺作品也为人们耳熟能详。

保护文化遗产，延续民族血脉。黄河吸纳、融合了各地区的文明，也已形成了大地湾文化、仰韶文化、齐家文化、马家窑文化、中原龙山文化、大汶口文化、山东龙山文化等代表性文化。黄河之水要奔腾不息，黄河文化的血脉也要永久延续。我们必须推进黄河文化遗产的系统保护，守好老祖宗留给我们的宝贵遗产。

挖掘时代价值，凝聚追梦力量。历经岁月砥砺，挖掘、开发与利用黄河文化依然是涵养社会主义核心价值观的绝好路径。让黄河文化活起来，融入时代旋律，而她也必将焕发出时代价值的强大生命力。这就需要加强对黄河文化的研究阐释，深度挖掘黄河历史文化资源，研究、传承、弘扬黄河文化，展现母亲河这一中华民族精神纽带的强大凝聚力，努力让文化黄河生生不息、日益繁荣。

讲好“黄河故事”，坚定文化自信。文运同国运相牵，文脉同国脉相连。翻开历史史册，中华文明之所以源远流长，历经五千多年而不衰，就在于我们没有抛弃传统，没有割断精神命脉。“黄河故事”极为丰富，不断地充实着新的内容和特色。比如人们熟知的“黄河号子”，就成为了辉煌灿烂的黄河文化的象征符号。讲好“黄河故事”，就是在讲好中国故事，增强我们的文化自信。除此之外，还要培育和弘扬宝贵的黄河精神。

新时代培育和弘扬黄河精神，就是传承和发扬中华文化，就是继承和发扬团结统一、爱好和平、勤劳勇敢、自强不息的爱国主义精神，展现民族生生不息、薪火相传的精神力量。在当代中国，构建社会主义和谐社会、实现中华民族伟大复兴，体现了全民族的共同愿望和根本利益。而以爱国主义为核心的黄河精神则能够激发全体人民共同奋斗、共同抗击来犯者的凝聚力、向心力。爱国主义是爱国之情、强国之志和报国之行的统一。在这片黄土地上生长的中华儿女，忠勇而坚定，视国家利益高于一切，“位卑未敢忘忧国”，将对祖国的忠诚和奉献作为终生的追求。黄河精神展现的爱国主义，体现了全体中国人民的坚定信念、精神力量和自觉行动，是冲破一切阻力，进行伟大斗争，实现伟大梦想的根本动力。当代中国爱国主义的鲜明主题就是实现中华民族伟大复兴的中国梦。

新时代培育和弘扬黄河精神，就是要发扬百折不挠、一往无前、不惧艰险、敢于斗争的创造精神，就是发扬坚定信仰、奋勇争先、团结奋斗的精神力量。黄河精神是各族人民在黄河水文化影响下逐步形成和发展起来的，是民族文化的灵魂和民族前进的动力，是中华民族精神的印证和延伸。她产生的强大的、永恒不竭的精神动力，筑就了新时代圆梦中国的中国力量。黄河精神是民族精神的象征，是中华民族不断发展、日渐强盛的传世之宝。黄河文化蕴含的不惧艰险、敢于斗争的守正创新精神，是激励中华民族奋勇前进的重要动力。从国之重器的“两弹一星”，到世界最大的望远镜“中国天眼”，从载人航天的神舟飞船，到太空试验的“天宫二号”空间实验室，从长征系列火箭，到把飞船发射到月球的嫦娥工程，从世界排名第二的北斗卫星，到世界独一无二的量子卫星“墨子号”，从计算能力世界第一的神威·太湖之光计算机，到探寻水下七千米的秘密的“蛟龙号”载人潜水器，都展现了中华民族敢于梦想、敢于争先的伟大创新精神。

大河高歌东赴海，万仞嵩岳立天中。在中华儿女心目中，黄河已成为中华民族的基本文化符号，是维系中华文化脉络的主干。我们必须牢记习近平总书记的殷切嘱托，充分认识传承发展黄河文化、讲好“黄河故事”的重要性，将黄河承载的中华儿女与灾害抗争所蕴含的伟大奋斗精神、创造精神、团结精神传承好、弘扬好，使之成为实现中华民族伟大复兴中国梦的不竭力量源泉。

（外语系 1903）

炎黄源泉——黄河

李欣悦

黄河在流经壶口瀑布，越过秦晋大峡谷的鲤鱼跳龙门之后，河床变得渐渐开阔了起来，水流也因此不再湍急。滔滔的黄河水被大自然的鬼斧神工分裂成了几股。自古以来，在我的家乡就有“三十年河东，三十年河西”这一说法，这是黄河由于淤泥沉淀而形成的一种自然规律。

黄河就穿过我们省，我的家乡济源因济水发源地而得名。济源地处黄河以北，北隔太行山与山西晋城相接，西距中条山与山西运城交界，南临黄河与河南洛阳接壤，东与焦作毗邻。我们济源人，就是被黄河养育着的。俗话说：“一方水土养一方人。”奔流了千万年的母亲河——黄河，养育了千千万万的中华儿女，创造了中华民族五千年的光辉历史。黄河——中华民族的摇篮，中华民族的先民就是从黄河的怀抱里繁衍生息。黄河是伟大的，她是神圣、纯洁的母亲河！这条奔流不息的河流，用她甘甜的乳汁哺育了一代又一代中华儿女，孕育了灿烂的中华文明。

从古至今，有许许多多描写黄河的壮丽之景。我们的先人在这里创造了灿烂的文化。从《诗经》到“唐诗宋词”，从《史记》到《资治通鉴》，许多不朽的辞章典籍，是在黄河地区诞生的，为中华文化增添了不朽的光彩。黄河引发了无数优美的诗篇，这些诗句千古流传，至今仍洋溢着强烈的艺术魅力。如唐代王之涣的“黄河远上白云间，一片孤城万仞山”，写出了黄河从白云间奔流而来，玉门关孤独地耸峙在高山中；又有温庭筠的“黄河怒浪连天来，大响谹谹如殷雷”，写黄河巨浪滔天滚滚而来，轰鸣回响犹如雷声振动；又有李白的“黄河之水天上来，奔流到海不复回”，写出黄河之水犹如天上倾泻而来，波涛翻滚直奔东海从来不会再往回流。这些诗句都写出了黄河之水的声势浩大，气势雄浑。

看啊！黄河波涛滚滚、浩浩荡荡，犹如一条巨龙横在中原大地上。“黄河之水天上来”，你们瞧！那黄色的水雾，此水真是只应天上有啊。再看看那茫茫水雾中辽阔的黄河，又多么的像一卷巨幅画轴伸向远方、连接远方啊！浪花四溅，河水像沸腾了一般，无处不是泡沫和浪花。黄河的巨流从宽阔的河床缓缓聚拢，骤然间水势迅猛，坠入一道狭窄得深不可测的石壕。日复一日，年复一年，黄河就这样一直不停地向各方奔涌着。它两岸的苍山夹峙，险峻陡峭，堤坡上青草覆盖，河堤两侧林带苍翠，多么令人神往啊……

黄河是中华民族尊严的一种象征。从发源地开始，它穿高山，绕平原，飞峡谷，跃丘陵，呼啸奔腾，浇灌着沃田万顷，簇拥着工厂如林，接纳着四十多条支流，拥抱着无数峻岭高山，气势磅礴。征途中，有多少障碍在阻挠着它，可它从不断流，不管多高的山，多峻的岭，它从不退缩，依然浩浩荡荡，澎湃汹涌。它正以它亘古不竭的水流和万载不息的波涛诠释出了中华民族不屈的精神。它以自己的声音告诉每一位国际友人：中华民族，永不退缩！

黄河是中华民族生存和发展的一个伟大摇篮。几千年来，黄河流域是我们中华民族进行文明创造的重要基地。黄河奔腾向前、百折不挠的气势，是我们民族自强不息、蓬勃向上精神的生动写照。黄河从横空出世的莽莽天际，从浩瀚的大西北、神秘的丝绸之路、河西走廊、漠漠荒原，一路北上南下，奔入东海。它带来了无边无垠的久远和深沉，带来了空灵迷茫的大漠孤烟和苍茫空旷，带来了诗情画意般长河落日的朦胧，带来了磅礴大气的茫茫九派，带来了秦砖汉瓦的质朴……而这一切，都在黄河奇石上体现了出来，这种文化绵延数千里，历经数千年。黄河不但孕育了黄皮肤的中华儿女，而且也孕育了千姿百态的黄河奇石，令人叹为观止。

黄河不仅以它在地理方面的重要性而闻名于世，更哺育了中华民族生生不息的文化，是中华族人开辟的文化的新篇章。黄河流域的黄帝的子孙，从第一颗稻谷掉进黄河的水中起，就离开了茹毛饮血的生活，发展起领先世界一大步的文化。第一部农书在黄河水中浸泡，第一部兵书在黄河水中洗濯，第一部医书在黄河水中完善，第一部史书在黄河水中打磨。秦皇、汉武、唐宗、宋祖，无一不是受到了黄河水的哺育，从而创造了世界文明的先河。

在中国看水，还是到黄河。九寨沟的水兑现得太清秀，俏丽得有些洋味；太湖的水又嫌太小，文人味太重，不像是水，倒像是供人把玩的小窗景。因为黄河，我们有了领先世界的文明，因为黄河，我们有了坚强不屈的精神，因为黄河，我们有了美丽富饶的家园……一声声浪吼，让我的心飘进了母亲的怀中，母亲用她气吞山河之势领着我们前进，领着我们奔腾，领着我感受母亲的豪迈，人们尽情地吮吸着黄河母亲的乳汁。他们渴望母亲的爱抚，他们需要母亲的滋养。黄河是中国的第二大河，拥有丰富的文化，经历了诸多的考验。上游平缓温柔，如同娴静美丽的少妇；下游自由奔腾，如同脱缰的野马。

“黄河西来决昆仑，咆哮万里触龙门”，以雷霆万钧的力量、浊浪排空的气势，你劈开大山和深峡，切断腾格里沙漠，在黄土高原连绵不断的峡谷中穿流而下，水花飞溅，发出万马奔腾的轰鸣。真想走进黄河，用双手触摸黄河的身体。黄河，你是一个坚强而又伟大的巨人，出现在亚洲平原之上。你用你那英雄的体魄，筑成了我们民族的屏障。

（音乐系 2002）

弘扬黄河文化，共筑复兴梦

王越萌

“我站在高山之巅，望黄河滚滚，奔向东南，惊涛澎湃，掀起万丈狂澜。”我已经忘记了从什么时候开始学唱的这首《黄河颂》，但我从未忘记怎样去唱。如果你真正去看过黄河就会发现黄河正如那歌词所言般气势。波涛滚滚，浩浩荡荡，犹如一条巨龙横在中原大地上。

我曾不止一次去观赏黄河，又自始至终从心里敬佩黄河。黄河不仅是一条波澜壮阔的自然之河，更是一条源远流长的文化之河。

根植于黄河流域的黄河文化是中华文明中最具代表性、最具影响力的主体文化。习近平总书记明确指出，黄河文化是中华文明的重要组成部分，是中华民族的根和魂。同时强调，要推进黄河文化遗产的系统保护，深入挖掘黄河文化蕴含的时代价值，讲好“黄河故事”，延续历史文脉，坚定文化自信，为实现中华民族伟大复兴的中国梦凝聚精神力量。深入学习、认识黄河文化的历史地位与时代价值，抓住历史性机遇，保护、传承和弘扬黄河文化恰逢其时，我们责无旁贷。

黄河流域是中华民族先民的早期主要活动区域，也是中国早期文化形态的主要诞生地。有人说，中国历史百年看上海，千年看北京，三千年看陕西，五千年看山西。众所周知，最早叫“中国”的地方就是我们脚下的这片土地——山西运城。上周末我和朋友一起去参观运城博物馆，感受颇深。旧石器时代，猿人主要集结地在黄河流域，因此我们在看到了大量出自于运城周边的猿人头骨化石、不同功用的石器。进入新石器时代以后，黄河流域形成了仰韶文化、齐家文化、龙山文化、马家窑文化等，这些区域文化是黄河发展意识的主要形态，是中华文明的起点。

随后夏、商、周时代，也有各自的文化。从春秋战国到秦汉王朝大一统时代，黄河流域经历了秦文化、三晋文化、齐鲁文化等多元并立和多元一体的文化融合发展，形成了黄河文化完整的文化体系。在随后历经千年的王朝发展过程中，黄河文化作为一种主体文化，兼收并蓄，吸收北方游牧文化，向其他流域文化进行输出，在融合各种优秀文化的基础上不断发展，最终形成了以黄河文化为核心、多元一体的文化体系——中华文明。历史表明，黄河流域在中华民族形成过程中发挥着关键的凝聚作用，黄河文化是中华文明最重要的根系。

正如习近平总书记所说，黄河文化是中华文明的重要组成部分，是中华民族的根和魂，我国之所以成为一个文明古国、礼仪之邦，可以说在一定程度上与黄河文化的作用分不开。

黄河文化是一种农耕文化，在黄河流域，人们勤劳耕作，黄河也像母亲一样始终哺育着中华儿女。中华民族的先民很早就学会了与自然和谐相处。俗语讲：民以食为天。为了能够有物质基础，能够存活下去，我们的先民进行生产时很注重天时、地利、人和。“黄河宁，天下平”，中国的先民在漫长的生产生活实践中总结出了要顺应自然、保护自然、人与自然和谐发展。“应时、取宜、守则、和谐”是黄河的主要内涵，强调要把天地人统一起来，按照大自然规律活动，取之有时，用之有度。这些思想为我国生态文明建设提供了宝贵的经验，建设生态文明是关系人民福祉、关乎民族未来的大计，是实现中华民族伟大复兴中国梦的重要内容。黄河文化为新时代生态文明建设提供了历史经验和智慧。

黄河文化中还蕴含了“万姓同根，万宗同源”的民族心理和“大一统”的主流意识，是增强我们民族凝聚力，筑牢我们民族精神的根基。我们都说自己是龙的传人。这个称号从何而来？这当然和我们的黄河文化有关。黄河流域是中华民族形成的地域，诞生了关于“三皇五帝”、中华始祖的传说，并流传至今。“同根同源”成为中华民族的民族心理，黄河流域成为海内外中华子孙共同向往的根脉之地，中华儿女是海内外同胞共同的、本质的身份标识。在尧舜禹时代，黄河流域水害频发，受灾的部落开始向适于农桑的地带转移，使得原始封闭的部落，逐渐开放，并吸纳其他部落共同耕种，共同应对水害。那时的人们就已经意识到了团结就是力量。不仅如此，还要在团结的基础上推举优秀领袖，带领着他们一起抵御天灾，同甘共苦。中华民族先民们的团结意识和统一意识渐渐增强。后来，秦王朝征兵买马，开始了浩浩荡荡的统一中国的历史。为达到真正统一中国的目的进行各方面改革。统一文字、统一货币，等等，进一步巩固和发展了大一统观念。这也是后来为什么中华民族历经几千年风雨而不倒的重要原因！在抗日战争期间，面对敌人的侵略，我们的爱国情、报国志，再一次被激发出来。中华民族举国上下同仇敌忾一致抗日，浴血奋战十四年，取得了百年来第一次全面胜利。中华人民共和国成立后，国家进行现代化建设，又是一呼百应，军民一心，全国上下洋溢着团结、激情的氛围。2020 年，“新冠疫情”肆虐，一声令下，举国上下的财力物力人力源源不断驰援武汉。志愿者、医护工作者相继写了请战书，为国而“战”。这不是战争的年代，但是我们的同胞们依旧可以为了国家为了人民舍生忘死！这就是我们的民族精神，这些都是我们黄河文化千百年来奠定的思想基础。

建设现代文明，必须建立在对优秀传统文化的继承、弘扬上，否则就成了无源之水，无本之木。我们要响应习近平总书记号召，推进黄河文化遗产的系统保护，守好老祖宗留给我们的宝贵遗产。不仅是物质文化，我们也要保护和传承精神文化。保卫黄河，功在当代，利在千秋；传承和弘扬黄河文化，每一位中国人，责无旁贷。我们三晋学子理应做出表率！

（政法系 1902）

黄河，中华之魂

范哲帆

黄河，一个简单的地理名词，却孕育了中华民族千百载的中国人不屈的精神。

黄河是中华民族的摇篮，这条奔腾不息的河流，用它甘甜的乳汁哺育了一代又一代中华儿女，孕育出灿烂的中华文明。我心中的黄河气势磅礴，滚滚黄水，九曲回荡，一路奔涌，在晋陕峡谷骤然收束，水面由浩瀚的四百米，转眼间缩为五十米，落差三十米的夹岸深沟，疾流直下，涛走云飞。势如巨湖，倒悬倾注，一泻千里。我心中的黄河伟大而坚强，他象征着无数英雄儿女，在恶势力下从不低头，为维护民族而做出贡献和奋斗。它在养育与保护中华民族的同时，还激发广大中华儿女的民族自豪感与自信心，以英勇的气概和坚强的决心保卫祖国。我们应以黄河为榜样，像它一样伟大坚强！“君不见，黄河之水天上来，奔流到海不复回。”唐代诗人李白如是说。的确，黄河自雪山而来，跨越千里，直至海边，流出来灿烂的黄河文化，滋养了古老而伟大的中华民族。

黄河在祖国的身躯里穿梭，或欢乐或悲戚或沉默。有人说你是一条巨龙，狂舞出中华文明的肤色，也有人说你是母亲河，养育出中国历史的悲欢离合。黄河在西部的热土上走过，云上的燕子也为之放歌。腾格里沙漠边缘的贺兰山，被你的乳汁——哺育得更加巍峨。望望你的对岸，目光到达对岸就到达了耕种的春天；望望你的笑容，目光到达水面就到达了收获的秋天。舀一瓢黄河水，轻嗅西夏古风的土色、塞上江南的云朵、宁夏枸杞的血滴、还有朔方草场的芳香，以及贺兰山脚下绽放的松果。侧耳倾听，你轻柔的语速、和蔼的声音讲述隐秘的心事和悲伤的故事。我轻飘的每根发丝，都在倾听，黄河的怒吼。冲杀声刀剑声枪炮声在回响，是上苍诅咒破坏和平的雷鸣。摸一摸耳际，耳窝里都有你的激流暗涌。抖一抖衣服，挥洒的泪滴里有挂在万佛塔的彩虹。我注视着你乐此不疲的涟漪，一波波荡来曾似相识，是雪山高原草原沙漠的允诺，是中华民族岁月的跋涉。你笑看现代都市古朴的村落，我没有听见你一句话，我知道那是你毅然的抉择。黄河啊母亲，每个中国人的血管中都流淌有你的血！母亲啊黄河，我面对着你双手合十，也没有一句话。我默默地向苍天大地祈祷，愿你永远不要干涸。

雪山脚下的每一个清晨都在她的歌声中度过。参天古木郁郁葱葱，阳光穿过枝叶，洒在小溪晶莹的水上，活泼泼地跳跃。无数这样的掺满碎金的小溪山泉，从草根下、石缝中，从山中的多个角落汩汩地流下，汇聚到一处，蜿蜒向山下飞去。村落中淳朴的山民到溪边挑了两桶水，遗落下一路古朴的山歌。采茶女们被这歌声唤醒，一边梳洗一边回应。

原来的小溪从山上流下来，流进了茫茫大漠。她愈流越急，却以几乎不可能的方式盘成了九曲十八弯。厚重的土地给她染上了一层浓艳的色彩，于是，她的身上便带上了大地馈赠的礼物。沙漠中的太阳，炙热难当，正因为有了她，大漠中的旅人才有幸和仙人掌一同看那如血夕阳与袅袅狼烟。谁会知道，刚走出沙漠的她正在积聚着力量呢？然而这力量终于爆发了，就在阶梯间、壶口处，无数条黄龙翻滚着一同涌下。霎那间，黄水沸腾，黄玉四溅，蒙蒙的雾气悠悠升起，下面却是涌天的巨浪与继续前仆后继的黄色猛龙们。前面是高高的岩石，她们冲击；是巍巍的峭壁，她们冲击；是茫茫的旷野，她们冲击；是深深的沟壑，她们还要冲！只有这样，她们才能跃入大海；只有这样，她才能拥有唯一的壮烈气魄！借着那最后的一击之力，她顺利地注入了渤海。无数的高原上的泥沙淤积到海边，聚集成了一片富饶的土地。原来，礼物便是这片新的土地。于是，有更多的黄色皮肤的人们，在这片土地上繁衍生息……“黄河落天走东海，万里写入胸怀间”，她用自己的一路高歌，鼓舞着人们的豪情壮志。人们用赞美母亲的方式赞美黄河，始终唱着古老的调子：黄河之水天上来，奔流到海不复回！

天高水阔，万众一心，书一段传奇，描中华精粹，汇九州奇葩。驰骋苍茫，一脉血气组一方山水，承天地之灵，秉江山之韵。首吞沧海，尾衔大漠，东方卧龙跌宕关山，阅千秋烽火。曾经的中国，一再地在灾难的大漠中跋涉，一脉血气支持着中国人，烙下千年血与泪的执着！一涧飞瀑，碎琼乱玉，造就此胜景的不只是水。中国人海纳百川，并非柔若无骨，是一旦遇到了艰难寒冬，就齐结冻彻三千里的冰，棱角分明，不要分散，只是团结。胸中百转千回的是一脉中华的血气，有了它才有了一个民族的新生，不畏艰险，众志成城。

岁月的脚步越向历史，野草般横飞的思绪，依稀可见那些依旧鲜活的面孔。一望壮士别易水，秋风萧瑟歌红尘。荆轲的大气穿越了生与死长眠的时空，只留一声绝响：明明注定了了无结果，明明知晓霸业图空，明明青山依旧在，明明等待的只是历史的刹那，却带走了谁的永恒！中国人的执着古而有之：道之所在，虽千万人吾往矣；义之所当，千金散尽不后悔。不会以为前方黑暗就止步不前，于是，代代中华儿女青丝约白首，不问重重苦难后悲泪几行，只想履履奋争中豪情万丈。

（机电工程系 2002）

黄河千古情

秦乐华

中国拥有着雄奇壮丽的山河，一座座高大巍峨的山峰已在我们心中高高地矗立着，一条条川流不息的河流在心中缓缓地流淌着。但多少座山、多少条河，都不及这生生不息的黄河让我心潮澎湃。

九曲黄河万里沙，浪淘风簸自天涯

李白的诗句“君不见，黄河之水天上来，奔流到海不复回”生动形象地描绘了黄河源头之高，流程之远。黄河发源于青藏高原巴颜喀拉山脉北麓，从这里开始，蜿蜒曲折一路向东而去。九曲十八弯，它行程五千四百六十四公里，流经九个省（自治区），汇集了渭河、泾河等几十条主要支流和上千条溪川，流域面积达七十五万多平方公里，是中国第二长河，世界第五大河。

中华文明的起源有多个中心，但黄河流域是最重要的中心之一。曾经大展宏图的秦皇汉武、唐宗宋祖，也都建都于黄河流域。黄河养育了世代中华儿女，也培养了融汇百川、自强不息、勇于创造的民族精神。在这块土地上诞生的造纸、火药、印刷术、指南针、生铁冶炼技术惠及世界；在这里创作出来的唐诗宋词、龙门石窟雕像、《清明上河图》等文学艺术珍品举世闻名……中华文明是中华儿女的骄傲和强大凝聚力的来源。黄帝陵前祭祖，大槐树下寻根，天下华人同称自己是同根同源。

奔腾不息的黄河已流淌了一百多万年。远古时代的黄河流域，气候温和，雨量充沛，土地肥沃，许多地方被森林草原覆盖，为我们的祖先提供了生息劳作、繁衍发展的良好环境。黄河被誉为中华民族的摇篮。

晋陕峡谷，犹如大地哗啦扯开的胸膛，雪原莽莽、雪峰巍巍的浩大背景下，黄河被衬托得更加气势磅礴。看吧！大河上下，好一派雄浑壮观的景象。此刻，任何辞藻，都没有力量嵌进这天地无声却令人心海咆哮的壮丽诗章中；任何高亢的赞美，都显得那么苍白微弱。只有黄河，在无声无息中永恒汇聚着、充盈着、释放着排山倒海的力量，凛然高耸起不可欺、不可辱、不可侵的血气，昂然高扬出战胜一切阻遏、一切对手的霸气，一往无前，势不可当！

黄河北岸海西军，椎鼓鸣钟天下闻

古老的母亲河惊涛拍岸，弯曲蜿蜒数千里后，流经黄土高原，它给这里的人们留下迢迢万里的征程，留下金戈铁马的浩然壮举和英雄末路的喟然长叹。她也织就刀光剑影的搏击和琵琶美酒夜光杯的祝福与大漠落日里万里长城的蜿蜒身躯。

黄河，像一条蜿蜒浩荡的银色巨龙，正静静地、静静地流动着，在雪花无声无息里流动，在冰凌悠悠漂浮中流动。没有浮躁的喧哗，没有烦嚣的不安，没有轻薄的浪花，甚至连一点儿脚步声都没有，有的只是雄浑磅礴的气势、泰然自若的风骨，沉着稳健的姿态、战胜一切的自信！

黄河之水铺天盖地，浩浩荡荡。没有鸟鸣虫吟、红尘碎语，没有争锋斗狠、狂放泼野，唯有静静的流动。她漂浮在浩阔壮观的北方冬天，好像是一条蛰伏的巨龙。

我想，在这个蓝色的星球上，被这样一条裹挟着黄土，磅礴浩荡的大河哺育的民族，一定有着与她同样的优秀基因、同样的精神力量和胆魂气魄！我分明一下子看到了中华民族五千年自强不息、不屈不挠、勇往直前、敢于争胜的民族精神。

博望沉埋不复旋，黄河依旧水茫然

黄河安澜，国泰民安。

生命之水与息壤之土融为一体，浩浩荡荡，奔流入海，千百年来，奔腾不息的黄河同长江一起，哺育着中华民族，孕育了中华文明。跨入新时代，黄河更见证了中华儿女的追梦足迹与世世代代的情感皈依。近年来山西省委省政府认真贯彻落实习近平总书记重要讲话精神，自觉服从和融入国家战略，突出山西特色和优势，在黄河流域生态保护和高质量发展、黄河滩区迁建、治理黄河等方面取得了巨大变化和瞩目成就。

子在川上曰："逝者如斯夫，不舍昼夜。"

黄河来自高山，流向大海；黄河来自远古，奔向未来。黄河有无限的生命力，她哺育了中华文明，也一定会造福未来，为中华民族的伟大复兴增添光彩。

（中文系 1905）

黄河情怀

杨新语

蒲扇下读黄河，如读萤火虫一闪一闪的灯迹；梦境中读黄河，如读母亲倚门换儿的亲昵；唐诗里读黄河，如读《将进酒》中的豪气。

“一把黄土塑成千万个你我，静脉是长城，动脉是黄河。”那是一条奔腾不息的河流，用它甘甜的乳汁哺育了一代又一代中华儿女，孕育出源远流长的中华文化；那是一条温顺的河流，用它那温暖的怀抱，爱抚着中华儿女，抚养出具有伟大精神的英雄儿女。黄河，不需要太多的修饰，中华儿女的心声就能证明一切：黄河，中华民族的摇篮，中华儿女的母亲河。

黄河、长江，是中华民族生命的起源。从小长在长江中下游地区的我，很遗憾至今并没有看到真正的长江。未见长江，却一直在享受着长江带来的福祉。我虽未见黄河、长江之波澜壮阔，未闻滔滔黄河水激荡人心的呼唤，但是，好像是出于本能，我不由自主地对黄河产生敬畏和爱戴。水是生命之源，是一切生物得以生存的必要条件。从古至今，作为母亲河的黄河，见证了无数人的悲欢，无声地经历着时世的变迁。

在悠长的黄河边，有旧石器文化：大荔沙苑遗址，沁水下川遗址；有新石器文化：龙山文化，二里头文化；还有青铜器文化：商城文化，岐山文化。人们不仅景仰这些人类文化遗址，更爱黄河边上那些古人的足迹。不但最初的夏朝在她身边定都，那文化意味浓郁、经济繁荣的唐、宋也依你而居，直至如今我们也没有离开你的恩赐！我心中的黄河，你不愧为中华民族的伟大摇篮！

“黄河之水天上来，奔流到海不复回。”那个风姿飘逸、狂放不羁的李太白面对黄河水也不禁长叹此水天上来。黄河似有亘古不变的恢宏气势，过尽千帆、荣辱不惊只那样淡淡看着日月星辰、时代更替。她孕育了中华子孙，洗出了中国人的黄皮肤，积淀了数千年的民族魂。世间的一切在她面前都那样微不足道，那样渺小。

黄河水孕育着东方这一片生机勃勃的大地，淘出了不计其数的英雄儿女。驼铃悠悠，黄沙万里，谁在那一望无际的沙漠中，一步一步留下深浅不一的脚印，一步一步踩出一条“丝绸之路”。弹指一挥间，千年前的脚印早已被风沙掩盖，千年前的人也已忠骨埋青山。只是那黄沙漫漫中时不时还能听到当年的风在呼啸，丝绸之路上有人仍在说着那一段传奇。一声“还我河山”道出了中华民族的铮铮铁骨。南宋的风雨飘摇似乎只是为了等待一个人的到来，万里山河似乎只是为了衬托他的赤诚忠心。背上所刺的“精忠报国”是他一生的写照。男儿心如剑，只为天下舞。“蜀锦征袍自裁成，桃花马上请长缨。世间多少奇男子，谁肯沙场万里行！”一匹桃花马，一支白杆枪，她是中国历史上唯一一位作为王朝名将被记载到史书将相列传里的女子。她一生爱国忠君，攘外安内。出身儒门闺秀，却让男儿自愧，丈夫不及。她的御赐龙凤袍上的火凤凰沿着历史长河飞到了奥运火炬上，飞遍神州，凤鸣九天。古代有屈子、张骞、岳飞、秦良玉……近代有林则徐、魏源、谭嗣同、鲁迅……这些有着铮铮傲骨的民族魂，无时无刻不在激励着我们，鼓励着我们实现复兴中华的“中国梦”，让五星红旗在天空飞扬，在太空飞扬。黄河水淘尽了无数泥沙，也淘尽了历史上无数生命，留下来的都是伟大的灵魂。

如今的黄河也在日夜不息地奔腾着，她只默默无声地为人类服务着。然而，人们现在似乎在对黄河肆意破坏，以致断流、污染、决堤、改道时有发生。大量泥沙冲击下来，使你的河床逐年抬高，下游变成了地上“悬河”，很容易造成决口与改道。因为人们的无视，黄河母亲开始暴躁起来，两岸的百姓苦不堪言，成为了中华民族的隐患。可是这并不能怪罪黄河母亲，是人们无休止的破坏，让她早已不复当年颜色。黄河是中国的第二大河。她发源于青海高原巴颜喀拉山北麓约古宗列盆地，蜿蜒东流，穿越黄土高原及黄淮海平原，注入渤海。据地质演变历史的考证，黄河是一条相对年轻的河流。在距今一百一十五万年前的早更新世，流域内还只有一些互不连通的湖盆，各自形成独立的内陆水系。此后，随着西部高原的抬升，河流侵蚀、夺袭，历经一百零五万年的中更新世，各湖盆间逐渐连通，构成黄河水系的雏形。到距今十万至一万年间的晚更新世，黄河才逐步演变成为从河源到入海口上下贯通的大河。

由于黄河的洪水携带大量泥沙，进入下游平原地区后迅速沉积，主流在漫流区游荡，人们开始筑堤防洪，行洪河道不断淤积抬高，成为高出两岸的“地上河”，在一定条件下就决溢泛滥，改走新道。黄河下游河道迁徙变化的剧烈程度，在世界上是独一无二的。

由此看来，我们应该早做打算，为黄河母亲多做些事。保护母亲河，从自身做起。黄河的治理，近期主要是加强和改善现有防洪体系，充分发挥现有工程的作用。加速郑州铁桥至高村间宽浅游荡性河段的治理，通过控导主流、稳定河势的工程措施，变游荡性河道为流路固定的弯曲河道，是防止产生横河、斜河，确保大堤安全的必要措施。我们应该植树造林，合理规划土地，让决口的悲剧不再重演，让我们的母亲河重新展现出气势磅礴的壮丽。

致敬黄河！致爱黄河！

（中文系 1901）

披荆斩棘，书写传奇

韩晓菲

黄河，中国古代也称河，发源于中华人民共和国青海省巴颜喀拉山脉，流经青海、四川、甘肃、宁夏、内蒙古、陕西、山西、河南、山东九个省、自治区，最后于山东省东营注入渤海。干流河道全长五千四百六十四千米，仅次于长江，为中国第二长河。黄河还是世界第五长河。

第一次见黄河是在小学的课本上，长长的黄河岸边，黄河水翻滚着、挟着黄沙狂欢东去。河的中央，十几只大木船吃力地穿行，艄公们赤裸着身体，吼着雄浑的黄河号子。老师告诉我们，千万别怪河公无礼，千百年来，皆是如此。现在回想那幅画，我内心升腾起一种无以言说的情愫，那就是母亲敞露着胸怀，儿女依偎着母亲，那不正是人间赤情吗？悲壮而热烈，倔强而执着，简约而真诚，原始而伟大！

我一直期待着去拜访耳熟能详的黄河母亲。临汾有世界上最大的黄色瀑布，黄河奔流至此，两岸石壁峭立，河口收束狭如壶口，名为壶口瀑布。崖一侧有一块相对平坦的所在，汽车紧傍着灰褐色的岩石停下，那位置和壶口瀑布平行。悬崖石阶二百多米处便是壶口瀑布。应当看得很真切的，但我的眼睛却突然模糊起来。我看到的只是一片黄，深深沉沉的黄，浑浑厚厚的黄。河滩是黄的，河床是黄的，对岸的山是黄的，从那巨沟里翻滚下来的水也是黄的。它们组成一帧以黄为底色的硕大无朋的画，镶嵌在两山夹峙的河谷中，浑然天成，那般神奇，那般独具魅力。

没有人能想到，黄河曲曲弯弯流淌几千里之后，能在山西和陕西两省间的峡谷中，把原本宽阔的河面猛然收缩，使松散的力猝然凝聚，经年累月一条巨沟形成了，滚滚而来的黄水倒悬倾注，于是便有了惊涛骇浪，有了如雷的吼声……

在人们的心目中，大地是有魂灵的。魂灵在哪里？魂灵是什么？此时，我真切地感受到黄土地恩赐的灵光，这灵光饱含着血脉。血脉中激荡着清冽的水和浑黄的水。多少年来，灵光在闪烁，黄土地上有欢歌，也有悲歌。而这一切，作为黄土地的魂灵，最终奏出的都是动人的曲子。

壶口瀑布的气势动天地，泣鬼神，那可是对倒下的将士的祈祷与祝福、呼唤与抚慰？如果他们真的魂兮归来，此时此刻，他们一定会同大地的魂灵相拥相吻，那是怎样一种境界啊！我带着一腔情感上的满足离开壶口瀑布，踏着河床坚硬的石和松软的沙，回到西岸灰褐色的山石旁。蓦然回首，那帧浑黄的画又呈现在我眼前，太阳仍在照着，隐约中又见彩虹，颜色时而清晰时而模糊，竟是那么谐调，那么美！留下的几张照片，背景是黄的：黄天，黄地，黄水，还有黄皮肤的我。我很自豪，也很骄傲！

我看着眼前的这一切，终于感受到了“千里黄河一壶收，旋流洪波涛如山”壮观，感受到了黄河的魅力。作为一名中国人，我为祖国能有这样一条河流、这样一个瀑布而骄傲、自豪！目光随着滚滚黄河水伸向远方，只见它们一路向东南流去，好似一条中华神龙，神圣而又威武。不管途中遇到了什么困难，它都披荆斩棘、穿山越岭，直向着梦想的大海前进！而我们，也这样前进！

“风在吼，马在叫，黄河在咆哮”，一曲《保卫黄河》，唤醒了多少不屈的灵魂；“一条大河波浪宽，风吹稻花香两岸”，一首《我的祖国》，温暖了多少尘封的记忆。黄河的每一朵浪花，都是一首诗，黄河的每一道翻腾，都是一首歌。

静静行走在诗歌里的黄河边，默默聆听着黄河的咆哮，悄悄把黄河的精魂融入血脉中。黄河，这首大自然在大地上诵读的诗篇，那一浪胜过一浪的旋律，成为诗歌中永恒的音符。

黄河，你在中华诗歌的长吟中，从远古走来，也必将在诗歌的浪漫中，走向未来。

走进李白的《将进酒》，“君不见，黄河之水天上来，奔流到海不复返。君不见，高堂明镜悲白发，朝如青丝暮成雪”，那气势磅礴的黄河之水，不就是诗人狂放不羁的灵魂？它用博大的胸怀，容纳圣贤的寂寞。走进王之涣的《凉州词》，“黄河远上白云间，一片孤城万仞山。羌笛何须怨杨柳，春风不度玉门关”，那一望无际的黄河之水，不正是戍边将士绵绵无尽的乡愁？它用浩荡的奔流，浸润思乡的孤寂。“黄河西岸是吾蜀，欲须供给家无粟。愿驱众庶戴君王，混一车书弃金玉。”在“诗圣”杜甫的《黄河》中，那奔腾不息的黄河之水，洗濯着诗人忧国忧民的情怀。“九曲黄河万里沙，浪淘风簸自天涯。如今直上银河去，同到牵牛织女家”，在诗豪刘禹锡的《浪淘沙》中，那波涛汹涌的黄河之水，荡涤着诗人敢教日月换新天的豪气。

王之涣说：“黄河远上白云间，一片孤城万仞山。”张养浩说：“峰峦如聚，波涛如怒，山河表里潼关路。”刘禹锡说：“九曲黄河万里沙，浪淘风簸自天涯。”李白说：“君不见黄河之水天上来，奔流到海不复回。”王维说：“大漠孤烟直，长河落日圆。”……

自古以来，有多少文人描绘着你的壮美，有多少诗篇表达着你的瑰丽。那一句句诗词，蕴含的是你的气势磅礴，寄寓的是你的悠久历史，表达的是中华儿女对你的无限敬仰。用所有的语言都无法描述你千百万分之一的雄奇豪迈，用所有的文字也无法书写你千百万分之一的沧桑。时间仿佛在这个瞬间停止了流淌，意识在这个瞬间失去了对自我的支配。留下的，只有对你的高山仰止；留下的，只有民族烙印下本源的骄傲。我看到了，看到了你曾经被折磨的伤痕，看到了你所经历过的苦厄与磨难，看到了你将要奔向太阳升起的东方。你带领着中华儿女一路向前，一路奔腾，一路书写属于自我的传奇。你用自己的日夜奔腾，挑战那属于时间的静止与永恒。

奔涌吧，黄河！中华大地将书写一部崭新的黄河史，黄河儿女将重唱一曲高亢的中华欢歌！黄河，你尽情呼啸奔腾吧！奏出那时代的最强的音符，奏出改革的乐章和民族觉醒的意识！你注定将以前所未有的雄姿步入更广阔的天地，步入属于我们的新时代。

（美术与工艺设计系 2002）

说不尽的黄河情

陈述

故事里的小黄花，出生的那年就飘着，回忆里的荡秋千一直随着指针摇摆个不停……孕育于青藏高原深处那片神秘之地的大河，大家可还记得？那亘古的声浪如母亲的声声叮嘱，奏响于耳畔，不眠于心间。

她，是中国第一代大河文明历史发源地，她用自己的血肉之躯，把中华民族的记忆镌刻。那九曲十八弯的雄壮身躯，像极了弯弯曲曲的笔触，谱写出了中华民族五千年的宏伟历史。这条波澜壮阔的黄色大河，创造出了无数奔流不息的生命。而横贯山西省境的滚滚汾河，以黄河第二子的身份谱写出了无数精美篇章——兵家之地咽喉道，风陵渡口入秦川；大禹治水黄河边，水陆要冲大禹渡；万里黄河铁马头，风陵渡口落平陆；老牛湾口撞山西，壶口瀑布现古今！

“天下黄河一壶收”是母亲河气度的呈现，“天下奇观乾坤湾”是中华巨龙图腾的起源。黄河岸畔千百年来流传的故事——尧都平阳、舜都蒲坂、后稷稼穑，嫘祖养蚕……无不印证这里是中华文明的开端。名字被传颂久长的母亲河，也经历过流浪的艰辛和岁月的忧伤。那流淌着中华文明的英雄黄河，带领着四万万人奏响怒吼的浪涛高歌；那缔造无数人间奇迹的壮美黄河，雄浑的血液沾满大刀砍向侵略者的脑壳；那成就无数精美篇章的古老黄河，再华丽的辞藻也道不尽八百年的沧桑。黄河带着历史的风尘越走越远，黄河带着未来的辉煌活灵活现。黄河之魂在山西，文人墨客都道不尽的黄河情怀，很精彩是不是？这些都是在书里看到的，却不曾是我心中所思所想。

可话说黄河，我自己却也感触颇深，因为从县城到农村老家的这段路程里，黄河远观时的平静秀美，近看时的浪花拍岸都被车窗那头的我们尽纳眼底。而黄河的伟岸总无一例外地在被男女老少的观摩中诱惑着他们发出声声赞叹。在她面前，在这个来自远古的母亲面前，震撼的仅仅是视觉吗？发抖的仅仅是声音吗？渺小的仅仅是与她相比时粟米般的自己吗？当然不是！随着这滔天且势如破竹的“呐喊”，被吸去的便是灵魂，而我们却也只能任它被她吸走……

在这里，我还想向大家介绍我那正义却有些执拗古板的外公。外公是一个喜欢黄河垂钓的“怪老头”。年轻时候的外公是海军，现下年近古稀的他，身体却依旧如少年般硬朗。他和其他老大爷一样，没事儿的时候喜欢和人下下围棋，打打扑克，偶尔还聚在一起小酌三杯两盏。他和其他老大爷又不一样，你说享享清福不好吗？他可倒好，上山打兔、下河摸鱼、搬砖扛袋，无所不能……直到现在，那眉头一横两眼一竖的模样都还是那么让人心生敬畏。

家里的大表姐有幸和外公一起出过黄河，她回来时绘声绘色的演说是我年幼时便羡慕的模样。谁不想在孩提时代就站在人群中央吸揽各路艳羡的目光呢？

湖海一家，我想姥爷这么喜欢钓鱼，一定和他年轻时的身份有关。记得有一次大表姐回来，她一改往常，一副哭哭啼啼的模样，这可让一群孩子鼓起了十足的看戏架势。可问她时她却什么也不说，可能是怕我们觉得是她失了宠吧……一直到不知过了多久我才知道，原来是因为外公钓上来了一条花形好看的小鱼，大表姐欢喜地说要带回去养着，而外公却只看了几眼，二话不说又丢回河里去了。这鱼儿也是机灵，刚一沾水，就一改躺在手心里时装死的模样，一眨眼就消失得不见踪迹，这才引得同是年幼的大表姐哭闹。听外公说，这鱼唤作花絮鲟，性子出了名的烈，也出了名的聪明，如果把它带回去，它要是知道自己再也逃不去了，便会刺破鳍部的毒泡，让自己中毒而死，在它的生命里，自由远比生命更重要。我头一次听到这么奇怪的鱼，思绪也随着花絮鲟开始飘飞……这便是怪鱼与我外公“怪老头”的故事。

我的家乡、生活的点滴、外公与鱼，无一不更拉近了我与黄河的距离，这条源于上古，流向未来的黄色大河，孕育出了多少奇观，我们不曾知晓。它将裹挟着风沙与雨水，春秋与冬夏，不眠不止，奔向远方……

风雨同舟七十年，改革开放求发展，中华人民共和国成立后的七十余年里啊，黄河那跨越了世纪的容颜，随着十一届三中全会的召开，在改革开放的新征程里，历尽千帆迎来了百舸争流的新局面。在新时代的阳光普照下，黄河滚滚东流的决心仍未停止。她把蓝天白云当成了姐妹，她把风霜雪雨看成是兄弟，她把船舶扁舟包揽在怀里，她用衣襟长袖系紧两岸的心……有多少个日日夜夜，她是我心中蕴藏的结，那些耳熟能详的故事，不只丰盈了魂牵梦萦的传说。在千万里的风雨兼程里，她唱响了嘹亮的生命战歌，在五千年的流金岁月里，大浪淘出了她历史古朴的本色。

你若问我，黄河，她到底承载了什么？是生命、是厚土、是心安，是血色。她是受命于天地的神灵，是土生土长的中华原住民，是穿越时空的老者，是传音未来的先知……

传说厚爱有形状，那是中华民族母亲河的模样……

（美术与工艺设计系 2008）

我们的黄河

王方圆

她，波涛汹涌，一泻万里，她是我们中华民族的骄傲。是她，见证了中华民族的历史。身为中国人，我们的心中装着一个永恒的主题：黄河在我们的心中。

“大漠孤烟直，长河落日圆”，这是王维对浩荡壮阔的黄河由心而发的赞美！“君不见，黄河之水天上来，奔流到海不复回”，这是李白对奔腾的黄河水的称赞！当然，称赞黄河的不仅仅是咱们的古人，在这个日新月异的时代中，还有许多人每年甚至每月都要去欣赏一下黄河的美景，同样也留下了许多优秀的诗词。正如《三月的黄河》所言，挤出拥挤的城市，挤出纷繁与喧嚣，让我们投入空旷清爽与宁静，投入葱茏延展的绿，去捕捉鲜活的负离子，去找寻阳光、自信和诗意。麦苗青绿，黄河像娴静的淑女。

在春天奔跑，用双脚触摸芳香的泥土；在春天滑翔，用双手拍打金色的涟漪。瓦蓝的天，两三只风筝投入了自然，就投入了天堂。

为何？为何有如此多称赞黄河的诗句？她就是一条河吗？

的确，她确实是一条河，但她的标签可不仅仅是河。她更是哺育着我们中华民族的母亲河！

当日军入侵我国家时，是黄河，激励着中华儿女奔赴抗日前线，保卫华北，保卫我全中国。黄河，你用你那挺拔的身姿，哺育着中华儿女。黄河，你的气魄，你的姿态，你的伟岸令人敬佩，给人自信，令人敬仰！你的汹涌澎湃多次出现在我的梦中，让我一次又一次地渴望更加了解你。你用你的气魄鼓舞着我们整个中华民族，你用你母亲般的乳汁哺育着中华民族的文化，使之生生不息，永远地传承着。

你代表的不仅仅是中华民族的文明，更是中华民族的尊严！“君不见，黄河之水天上来，奔流到海不复回。”是的，你用你那宽广的胸怀，接纳了众多支流，为他们无偿提供着补给。惊涛拍岸，掀起那万丈狂澜；浊流宛转，结成那九曲连环。你从巴颜喀拉山之下，奔腾到黄海之边。你用你那强硬又委婉的声音告诉每一个人，中华民族永不会退缩，更不会倒下！你是我们的榜样，我们要学习你的品质，做到像你一样坚强，一样伟大！

“黄河黄，长城长，英雄百战走四方。”黄河，是中华民族的母亲河，她有着伟大而又坚强的品质。她用她那英雄的气概保卫着我们中华儿女。我们中国不仅有着“不到长城非好汉”的豪言壮语，还有“不到黄河心不死”的信念吗？

黄河啊，你是我们中华儿女的血脉。你连接着南北两岸，更是中华各族儿女的纽带。

黄河呀，让我们用嘹亮的歌声来赞叹你的雄伟壮观，让我们以一颗真挚的心谱写一支赞颂你的歌曲。

亲爱的黄河，我爱你那源远流长的历史文化，我爱你那博大精深的文明，我更爱你那巍峨雄伟的磅礴气势。千言万语道不尽我对你的敬仰、崇拜与赞叹。我只能用我那贫瘠的文字，发出来自内心的对你的钦佩之情：黄河，你永远在我们心中，我们永远爱你！

（数信学院 20010）

扬九曲黄河之文化　圆民族复兴之伟梦

邓祎婷

黄河，是中华民族的母亲河，是中华文明的摇篮。黄河文化作为中国文化的主体，是中国的主流文化、国家文化、民族文化。奔腾不息、奔涌向前的九曲黄河文化，塑造了中华民族百折不挠、奋斗不止的拼搏精神，更孕育了博大精深的中华文化，推动着中华民族铿锵前行。

习近平总书记指出："要推进黄河文化遗产的系统保护，深入挖掘黄河文化蕴含的时代价值，讲好黄河故事，延续历史文脉，坚定文化自信。为实现中华民族伟大复兴之梦凝聚精神力量。因此，只有深度挖掘黄河文化的精神内涵。才能领悟黄河文化的博大精深、更好地坚定文化自信。"

不慕空名、舍己为人的务实奉献精神。"黄河之水天上来，奔流到海不复回。”九曲的黄河起源于巴颜喀拉山，途经青藏高原、黄土高原，黄淮海大平原，一路奔向浩瀚东海，在九省（自治区）内留下了属于自己的印记。黄河不单是中华文明的发祥地，是中华文明的摇篮，更哺育了黄河流域沿岸的无数中华儿女。黄河是璀璨中华文明的缔造者，更是伟大民族变化的见证者。中华民族上下五千年光辉历史中，黄河流域沿岸的城郡成为历代统治者定都安邦的首选场所。洛阳、开封、郑州位列中国“八大古都”，它们处于黄河流域；孔子、孟子、老子等先贤文豪，他们成长于黄河流域；《论语》《诗经》《孟子》等文学作品，它们诞生于黄河流域；还有伟大的四大发明，唐诗宋词等中国文化，它们同样也处于黄河流域。伟大的黄河母亲见证着历代王朝的兴衰，但同时更印证着黄河文化的源远流长和博大精深。

革故鼎新、只争朝夕的开拓进取精神。“天行健，君子以自强不息。”“临渊羡鱼，不如退而结网。”九曲黄河奔涌向东，一泻千里孕育的不仅仅是璀璨辉煌的中华文明，更重要的是锻造了黄河精神——革故鼎新，只争朝夕。如今，她是激励勤奋勇敢的中华儿女的伟大驱动力，遇山开路，遇水架桥。“新冠疫情”下火速建设的火神山和雷神山医院，以及无数家的方舱医院便是最好的证明。中华儿女的伟大奋进拼搏精神诠释了黄河文化的内涵，伟大的中华民族再一次以无数各行各业人民的辛勤付出向世界证明了中华儿女的自强不息，只争朝夕的进取精神。由此观之，黄河并不仅仅是一条河，她更是孕育文化精神的河，是中华民族精神的象征，是实现中华民族伟大复兴中国梦历程中的凝聚力，更为青年一代打下了树立黄河文化自信的基础，是中华儿女的精神粮仓。

海纳百川、风雨同舟的包容团结精神。人多山倒，力众海移，海纳百川，有容乃大。九曲黄河孕育了拼搏奋进、务实奉献的中华儿女，更哺育了有着包容、团结精神的一代代中华儿女。他们虽在平凡岗位却做着不同寻常的伟大事业。“新冠疫情”肆意蔓延之时，四万二千多名援鄂医护人员争做疫情中的“最美逆行者”。无数党员干部“我是党员，我先上”的冲锋精神，工人、快递员、外卖员、环卫工等名行各业的人们正以他们的方式团结在一起，心中仅存一个理想——坚决打赢疫情防控阻击战。无私奉献的中华儿女，团结一心，众志成城，奋力抗击疫情，为世界的抗疫斗争赢得了宝贵时间。我们，更感恩于世界卫生组织和世界各国“山川异域，风月同天”的支持与包容。病毒无情人有情，没有一个冬天不会逾越，没有一个春天不会来临。疫情期间，举国上下展现的包容与团结精神，不恰好是黄河精神的高度诠释吗？不恰好是中华儿女海纳百川、风雨同舟精神的最好体现吗？

伟大的黄河孕育了自强不息、奋进拼搏，兼容并蓄的中华儿女，更锻造出伟大的九曲黄河文化。当今世界形势的复杂化，考验着我们中华儿女的智慧。伟大的黄河文化和奋进精神将带领着我们完成这份试题，我们一定会为国家、为世界交上一份满意的答卷。保护、传承、弘扬黄河文化，坚定文化自信是当代青年的责任与义务，是我们肩负的重大的时代使命，望吾辈不务空名勇担当，革故鼎新争先锋，风月同天齐携手，延续历史之脉，为实现中华民族伟大复兴之梦凝聚精神力量，共圆民族复兴的伟梦。

（应用化学系 2005）

用文化自信镌琢黄河文化

行世雨

文化自信是对自己国家民族文化的认同与肯定，一个地方的文化自信往往与其历史和精神品质息息相关。黄河是中华民族的摇篮。“黄河之水天上来”，那条永不停歇的河就那样沉默在悠悠的历史长河中。

我曾有幸正值汛期的时候目睹过黄河奔流到海的气势。一如我所想，水是浑浊且泛着黄色的。河水浊浪滚滚，水边有着水涨潮的痕迹，展示出它的历史悠久。那是历史遗留的痕迹，是历史的沉淀。它好像一位睿智的老人，听说过丝绸之路上的驼铃声；它见证过数个王朝的更迭起伏，目睹了王朝的衰败和繁盛；它经历过无数次战争，见证了中华民族的灾难与抗争；它曾陪伴了中华人民共和国的诞生，见证了其蒸蒸日上的发展，使我们能极其骄傲地为我们的文化自豪。然而在一段时间内，人们为了发展忽视了对黄河的保护，先开发再保护的方法导致了黄河的面目全非。我们可以为过去取得的成绩而感到骄傲，却不能忘却因此而造成的现实。我们也无法逃避现实，只有尽力弥补，吸取教训，才能引以为戒。让我们永远铭记，不再重蹈覆辙。

我们的母亲河，黄河文化历经千年而不息，孕育了中华民族的傲骨。黄河文化是在漫长的历史过程中逐步积淀形成的，具有厚重的历史底蕴和丰富的历史内涵，对于人们有着强大的凝聚力和吸引力，自古以来吸引了许多文人墨客创作出了歌颂黄河的诗歌。我每次看到“三春白雪归青冢，万里黄河绕黑山”都会想起征人转战塞外艰苦跋涉、无法归家痛苦不堪的怨苦；看到“白日依山尽，黄河入海流”就会想起黄河水流滚滚向前、日落江流的雄心抱负以及积极进取的乐观精神；看到“君不见黄河之水天上来，奔流到海不复回”就会想起壮阔气势豪迈豁达；看到“九曲黄河万里沙，浪淘风簸自天涯”就会记起浪漫豪迈的美和坎坷人生的艰辛。黄河大浪滔天，一泻千里，象征着中华民族所向披靡的进取心和磅礴的创造力；黄河裹泥挟沙，奔腾前进，象征着中华民族的非凡气度和包容能力；黄河九曲连环，勇往直前，象征着中华民族的英勇气概和自强不息的精神。黄河铸就了中华民族的性格和美德，这些美好的诗词对于我们来说不管多久都不会忘记，并将永远被我们铭记、传颂。为了让后代更好地理解体会这些名句名诗，更好地理解、传承黄河文化，树立高度的文化自信，保护黄河已成为目前迫切的任务。

习近平总书记曾在河南考察调研时主持召开黄河流域生态保护和高质量发展座谈会，强调延续历史文脉，坚定文化自信，体现了对于黄河流域的重视与保护。黄河以甘甜的乳汁，哺育了中华民族，是中华民族的摇篮，是伟大又坚强的民族精神的发源地。黄河文化历久弥新，多元一体，凝聚了中华民族的精神，激励了中华民族奋勇前进。黄河文化强烈的民族认同感，驱使着中国人民万众一心，同甘共苦，荣辱与共。

黄河文化需要我们的保护，才能更好地发展。黄河文化是精神文明的重要代表文化，没有文化的民族是没有希望的，其经济发展也不可能持续和长远。在早期中国，由于地域和环境的不同，造成了文明的地域性，然而各文明相互交流，相互吸收，使得文化不断交流融合，最终形成了独一无二的黄河文化。在很久以前，中国就已经开始注重于对黄河流域的治理和防护，并取得了不小的成效。当然，保护黄河文化不应该仅仅局限在地域方面，还应该注重文化方面的保护。黄河文化遗产是非物质文化遗产之一，应该得到传承和保护。深度挖掘黄河历史文化资源、保护好黄河文化遗产、弘扬好黄河文化，对延续历史文脉、实现中华优秀传统文化的创造性转化和创新性发展具有不可替代的作用。黄河精神的“团结、务实、拼搏、开拓、奉献”体现出中华民族无坚不摧、坚韧刚强的优良品格，不仅对现在的我们有极大的影响和鼓励，对后代也有不小的启示。黄河以百折不挠的磅礴气势塑造了中华民族自强不息的民族品格。大力弘扬黄河精神，才能更好地激励中华儿女对民族的认同感、自豪感和归属感。我们要积极推动黄河文化走出去，增强全民族的文化自信。

黄河文化需要我们的继承和弘扬，才能更好发展。黄河文化时代包容性，不管任何时候、任何地方都适用于我们。首先，黄河文化作为中国传统主体文化，其本身就是综合各种文化而形成。黄河文化在发展的过程中，与周边其他地域文化进行融合，不断充实自己的内容。黄河像一条纽带，横贯东西，串联南北。横贯起来的是东西复杂的自然地貌，串联起来的是这片土地上不同的民族和文化，拥有着极大的传统和历史基础，其二，随着时代变化而变化，黄河文化与时俱进，不断在继承中发展，在发展中创新，以发展的眼光对各种文化要素进行整合、升华。黄河文化的历史、现实和未来，是内在、必然地联系在一起的。伴随着社会的进步，黄河文化所发挥的作用也必将更加突出，并显示出强大的生命力。

新时代，我们更要坚定文化自信，讲好新时代的“黄河故事”，为实现中华民族伟大复兴的中国梦凝聚精神力量。作为大学生，我们是国家的栋梁，更是国家未来的希望。我们是现在，也是未来，所以我们应当树立文化自信，牢记文化使命，树立不忘初心的抱负，肩负起祖国未来的重担，弘扬和继承黄河文化。

（外语系 1902）

黄河，我的母亲河

李雪颖

距今约五千年前，满天星斗般的文明火花向黄河中游聚合，文化碰撞，社会变革，中华文明在这里绽放。从四千三百年前开始，黄河中游晋陕大峡谷两岸，河汾之东，陶寺人夯土建都；陕北高原，石峁人砌石筑城。正是经历这几千年的文明，才孕育出我经久不息、绵延不绝的母亲河。

据古籍记载，黄河古称河，又名浊河，也叫中国河。相传，早在尧舜时，黄河就是一条有名的河流。我国著名的古籍《尚书·禹贡》中，曾有过夏禹“导河积石”的记载。这是我国历史上关于黄河的最早记载。黄河流域是中华民族先民早期最主要的活动地域，也是中国早期文化形态的主要诞生地。在旧石器时期，出现了山西西侯度猿人、陕西蓝田猿人、大荔猿人、山西襄汾丁村早期智人、内蒙古乌审旗大沟湾晚期智人的活动。到了新石器时代，在黄河流域形成了马家窑文化、齐家文化、裴李岗文化、老官台文化、仰韶文化、龙山文化、大汶口文化等。这些局域文化是黄河文化发展伊始的主要形态，也是中华文明的起点。从历史时间来看，黄河也可谓是我们的母亲河。

黄河之所以称为母亲河，绝不仅仅是因为历史之久远，黄河文化早已深深扎根于中华儿女的心中。首先，进入文明社会以后，黄河流域先后兴起了夏、商、周文化；从春秋战国到秦汉王朝大一统时代，黄河流域经历了秦文化、三晋文化、齐鲁文化等多元并立和多元一体的文化融合发展，形成了黄河文化完整的文化体系。在随后历经千年的王朝发展过程中，黄河文化作为一种主体文化不断吸收北方游牧文化，并向江淮流域和珠江流域持续进行文化输出，融合其他地域文化，最终形成了以黄河文化为核心、多元一体的文化体系——中华文明。中华文明历史表明，黄河流域在中华民族形成过程中发挥着关键的凝聚作用，黄河文化是中华文明最重要的直根系。其次，黄河文化蕴含的“天人合一”自然伦理观，可为我国新时代生态文明建设提供历史经验与理论支撑。黄河文化是一种农耕文化，是中华民族先民在与自然的和谐相处中创造的物质与精神文明。农耕生活要求天时、地利，顺应自然规律，黄河流域先民们在漫长的生产生活实践中总结了和谐的三才观、趋时避害的农时观、主观能动的物地观、变废为宝的循环观、御欲尚俭的节用观等。这都体现了黄河文化天地、人和的思想，“应时、取宜、守则、和谐”是其主要内涵，强调要把天地人统一起来，按照大自然规律活动，取之有时，用之有度。这都体现了黄河文化之精、之深、之育人。

黄河蕴含的“同根同源”的民族心理和“大一统”的主流意识，是增强民族认同感、维系我国国家统一和民族团结的精神文化支柱。黄河流域是中华民族形成的地域，诞生了关于伏羲及炎黄二帝等中华始祖的传说，并流传至今，缔造成炎黄子孙内心深处根深蒂固的根亲观念。“万姓同根，万宗同源”成为中华民族的民族心理，黄河流域成为海内外中华子孙共同向往的根脉之地。在尧舜禹时代，黄河流域水害频发，受水灾影响的部落逐渐聚集于适宜农桑的地域。原始封闭的民族逐渐联合形成部落联盟，共同应对水害，并诞生了杰出的部落联盟领袖。中华民族大一统的主流意识也正是萌发于黄河泛滥的逆境之中。因此在黄河流域，有着许多感人肺腑的故事。如《李闯王渡黄河》的故事：明朝末年，朝廷腐败，民不聊生。闯王李自成带领农民在陕西米脂起义，要打过黄河去，推翻明王朝的统治。当时正值初冬时分，黄河水还未结冰，而只有河水冻成了坚冰大军才能顺利通过。怎么办呢？闯王日夜焦心，愁得胡须头发在一夜之间全都白了。第二天一清早，有两人来报：“黄河已经冻得结结实实的了。”闯王大喜，急忙传令三军赶快渡河。到了河边一看，河水还“哗哗”地流得正欢呢，根本就没结冰。可是上面却架起了一座宽大的浮桥，船连船，板连板，四平八稳，正适合大军渡河。闯王纳闷了，正要下马察看，忽然从河里爬上来两个人，向闯王一抱拳，朗声道：“大王，我们是黄河的船夫。听说您要渡河，为民谋利，所以特地花了一夜工夫搭起这座浮桥，就请大军上路吧。”闯王感动得热泪盈眶：“我一定不辜负百姓们的厚爱，一定要让大家过上好日子！”说罢，驱马上桥，领兵东去了。之后还有一些有关黄河的神话故事，如《冯夷当河伯的故事》：古时候，华阴潼乡有个叫冯夷的人，他不安心耕种，一心只想着成仙。有一天，他听说人喝上一百天水仙花的汁液，就可化为仙体，于是就到处找水仙花。他经常渡黄河、跨黄河、过黄河，总是黄河打交道。转眼过了九十九天，只要他再找到一棵水仙花，吮吸一天水仙花的汁液，就可成仙了。冯夷很得意，又过黄河去一个小村庄找水仙花。这里的水不深，冯夷蹚水过河，到了河中间，突然河水涨了。他一慌，脚下打滑，跌倒在黄河中，活活被淹死了。冯夷死后，一肚子冤屈怨气，咬牙切齿地恨透了黄河，就到玉帝那里去告黄河的状。玉帝听说黄河没人管教，到处横流撒野，危害百姓，也很恼火。他见冯夷已吮吸了九十九天水仙花的汁液，也该成仙了，就问冯夷愿不愿意去当黄河水神治理黄河。冯夷喜出望外，达成了自己成仙的心愿，成为了一名河伯。

黄河为新时代中国全方位开放发展和构建人类命运共同体提供了可资借鉴的历史基础和实践基础。在早期中国，得益于黄河流域优良的气候、土壤等地理条件，黄河流域社会经济发展在全国乃至全球长期处于领先地位，黄河流域长期处于中国政治经济文化的核心地带，中国对外经济联系、文化交流、政治外交也主要兴起和发展于这一地区。早在汉朝，中央政权就曾派遣张骞、甘英等出使西域，开辟从长安（今西安）经甘肃、新疆，到中亚、西亚，并连接地中海各国的陆上通道，建立起中原王朝与西亚和欧洲的政治、贸易等联系。这条通道也成为古代中国与西方所有政治经济文化往来的主要通道，即丝绸之路。隋唐时期，丝绸之路交往进入繁荣鼎盛时期，经济贸易往来频繁，对外文化交往极为活跃，日本、新罗、天竺等国家派遣大量使节、留学生等来华进行文化政治交流。中央机构还设置“四方馆”以专门管理对外贸易，制定对外国商人的优惠政策。在宋朝时，中国对外开放走向巅峰，高度重视对外贸易等。尽管北方少数民族政权的崛起阻断了陆上丝绸之路，但宋政权依旧在宋辽、宋夏开设互市榷场，互易有无，联系经济、文化。陆上“丝绸之路”的起点城市向东延伸至北宋都城汴京。宋政权还大力发展海上贸易，也欢迎远人来华定居。在北宋汴京设有犹太人聚居点。在对外开放与交流过程中，黄河不仅扩大了自身影响力，也不断从其他地域和民族文化中汲取营养，从而形成了具有开放、包容气质的中华文明。约一万七千年前，流域就有人类生存，中华先祖在中下游地区勇敢顽强地生活，开拓、创造了中华文明的辉煌早期文明。

我们母亲河带给我们的也有一些弊端，《左传·襄公八年》：《周诗》有汨：‘俟河之清，人寿几何。’证明至迟在公元前6世纪，黄河已经不清了很长时间，因此人们才会根据长期积累的经验肯定，在可以预见的未来，黄河是不可能变清的，以致发出如此毫无信心的感叹。如果说一开始人们还只是凭直觉体会黄河水的浊和黄，那么到公元1世纪对黄河水的含沙量已经有了定量分析。西汉末年一位叫张戎的官员指出：“河水重浊，号为一石而六斗泥。”因此治理母亲河就成了我们重中之重的首要任务。习近平总书记指出：“自然是生命之母，人与自然是生命共同体，人类必须敬畏自然、尊重自然、顺应自然、保护自然。”保护自然就是保护人类，建设生态文明就是造福人类。生态文明建设是关系中华民族永续发展的根本大计，当前在人地关系矛盾突出的时代背景下，黄河文化为新时代生态文明建设提供了历史经验和智慧，有助于文明在历史与现实交汇中探寻人地关系和谐发展的根本途径。让我们为母亲河贡献一份自己的绵薄之力。

黄河，我的母亲河。

（机电工程系 2003）

黄河情

樊江桐

中华文化是世界上诞生最早的文化之一，而黄河流域便是中华文化的发源地，在山西最南端的永济市——一个黄河岸边的县级市，是最早叫中国的地方。

在永济市的蒲州镇，聚集了许多文化遗址，它们星罗棋布，展示了黄河流域的文化底蕴。地上文明看山西，而来到山西，不能不去永济；而来到永济，又不能不去蒲州。来到蒲州，无数文化遗址映入眼帘：中国四大名楼鹳雀楼展现了唐代诗歌的风采，《西厢记》发生地普救寺表现了爱情的魅力，蒲津大铁牛见识了盛唐文化的繁荣……这些都是著名经典景观。除了这些，还有我们最不能错过的，是蒲州古镇残存的古城废墟，那路旁两侧被岁月烟云和历史风雨侵蚀而显得陈旧破败的城垣墙宇，曾经的辉煌还依稀可见。它们作为国家重点文物保护单位，氤氲着浓厚的文化气息。

这座古城在上古时期便出现了。早在尧帝时代，便流传出尧王访贤的故事，而舜帝更是定都于此。舜都蒲坂，记录了先民的历史足迹。人类早期社会文化历史中，这里是一处不可或缺的研究对象。而彻底奠定蒲州历史地位和繁荣的则是在盛唐时代。在那个充满着盛世气象的年代，那个充满着生机和创造的年代，蒲州抓住了历史机遇，书写了自己最辉煌的篇章。一千三百多年之后的今天，这一篇章浓缩为古老深厚的书页，让我们慢慢品读。

近年来，永济市作为一个内陆小城，发展速度受到一些局限。但是对于永济这样文化积淀深厚和有着繁荣历史的城市，我们不能仅仅满足于对文化遗迹的修复和开发，而更应该着力继承曾经的开放、包容的伟大气魄，而这更应该是我们当今永济经济社会发展的重要依据。当今，随着改革开放的不断深化，开放视野和改革精神越来越成为城市竞争力的重要因素。现代化和全球化迫切需要健全我们的文化人格，开阔我们的视野，以更加博大的文化胸襟，更大力度地推进改革开放和经济建设。永济人应该发扬传统但不囿于传统，要跻身于世界大发展的浪潮中，充分发掘我们的文化资源优势，建立起属于我们黄河流域的文化自信，并依托高度的文化自觉、充盈的文化储备，不断扩大我们的开放视野，努力把永济建成黄河金三角地区的经济强市和文化名市。

（中文系 2003）

黄河情

刘梦婷

黄河水奔腾翻滚，诉说着她的漫漫旅程。她太古老又太辉煌。五千多年间，她岸边涌现出一个又一个伟大人物，哺育了一代又一代的中华儿女。

她从青海巴颜喀拉山脉脚下而来，怀抱四川入甘肃，手牵宁夏走内蒙古，一路带着陕西、山西、河南，最终归于山东北部入了渤海。渭、泾、沣、涝、潏、滈、浐、灞是她身边的支流，半坡遗址、蓝田、陈家窝、西侯度、大荔猿人文化是她独特的魅力。

若把祖国比作昂首挺立的雄鸡，黄河则是其心脏的动脉，与祖国身心相连。黄河落天走东海，万里写入胸怀间。黄河哺育的千万万炎黄子孙，有着宽广的胸襟和广阔的情怀。她是记载中华民族几千年来传奇经历的史书，里面藏有太多的奥妙，一直激励着中华儿女不断地去探索、研究。她是个充满志气与青春活力的孩子，踏着矫健的步伐，带着永不服输的精神，勇往直前，不断开拓与创新，去发展。“风在吼、马在啸、黄河在咆哮，黄河在咆哮”这雄壮的歌曲唱出了黄河的风采，更唱出了中华民族的战无不胜、奋发图强的英雄气概。她是一位翩翩起舞的少女，用那婀娜多姿的舞姿，跳出了她的温柔。她是中华儿女的母亲河，哺育了亿万中华儿女。自古以来，黄河都是我们赖以生存的摇篮。她在无私地奉献自己的一切，用来教导她的儿女们，陶冶他们的情操。她用无数次磨难来锻炼他们，使中华儿女更加坚强。人们尽情地吮吸着她的乳汁。我们渴望她的爱抚，我们需要她的滋润。

她对于我们中华民族来说，她是一个从小伴着我们长大的摇篮，像《黄河颂》里说的一样:“黄河！你是伟大坚强，像一个巨人，出现在亚洲原野上，用你那英雄的体魄，筑成我们民族的屏障。”我心中的黄河伟大而坚强。她象征着无数中华英雄儿女，在恶势力前从不低头，为维护民族而做出贡献和奋斗。她在养育与保护中华民族的同时，还激发广大中华儿女的民族自豪感与自信心，以英勇的气概和坚强的决心保卫祖国。

我虽无缘领教她的峰回路转，她的豪迈气势，但我期待着你重现昔日的光彩。我的心中一直没有忘记勾勒它那经久不衰、伟大雄浑的形象……犹如一条巨龙横在中原大地上。黄河之水天上来”，你们瞧，那黄色的水雾，此水真是只应天上有啊。再看看那茫茫水雾中辽阔的黄河又多么地像一卷巨幅画卷伸向远方、连接蓝天呢！浪花四溅，河水像沸腾了一般，无处不是泡沫和浪花。听啊！黄河日夜不停地咆哮着。它的隆隆轰鸣震耳欲聋，气吞山河之势暴露无遗，犹如千万条巨龙缠绕撕咬，挟雷裹电，咆哮翻滚，齐刷刷地跌下万丈深渊……有时又好比千万根桩在夯击地面，发出排山倒海的巨响。它气势如虹，声声都显示着自己气势磅礴……夜阑人静，再次勾勒曾经想象的黄河，追寻我们的民族精神。

玉树倒，昆仑崩裂。结古泪，黄河哽咽。现在的她在痛苦呻吟，她曾经上千次地决堤，给黄河附近的人们造成了多少伤害？长期以来，存在着洪水威胁、水土流失和泥沙淤积等严重问题。近年来，又出现了却水断流加剧和水污染严重等新问题。黄河断流使黄河地区水资源出现供需失衡，工农业生产，城市生活、生态环境用水之间的矛盾日益尖锐，对沿黄河地区社会经济发展和生态环境产生重大影响，并增加了下游洪灾的隐患。黄河下游 1972 至 1996 年因断流和供水不足造成工农业经济损失累计约 268 亿元，年均损失约 11 亿元。1990 年代，由于断流日趋严重，年均损失已达 36 亿元。农田受旱面积累计 470 万公顷，减产粮食 986 亿公斤。胜利油田此减产原油数十万吨。我心目中的黄河难道是这样子的吗？时间一晃，千百年在我心中，黄河是完美的，她惊涛澎湃，一往无前，过流之处，无不给两岸人民带来无尽的福音。啊，黄河！在我心中，你是多么的神圣！四周有青山相绕，岸上的工厂在排放着几经处理的废水，发电站有效地利用黄河之水发电，旅游区也注重保护环境，让黄河更好地造福于人类，让我们用满怀的爱心和幸福的璎珞，为母亲河编织绿衣，让我心中的黄河成为现实。啊，母亲河，我心中的黄河，我期待着你重现昔日的光彩。

一条伟大的河流，一位坚强的母亲，不仅孕育出了一个不屈的民族，还造就了一群永不言弃的人们——中国人！我们将带着她那雄姿和气魄把中华民族的精神传向四方！你是一条腾飞的巨龙，将以独有的民族凝聚力和创造力，带着中华民族的儿女奔向美好的未来！

（音乐系 2001）

黄河情

张延媚

我曾到万家寨、小浪底等水利枢纽参观过，当我面对这林海浩瀚中一座座现代化的水利工程，我在惊诧于大自然鬼斧神工的同时，更加惊异于水电建设者是以怎样的智慧和努力辛苦来完成这些成绩的。而建设者只是告诉我：工作是光荣的，劳动是美丽的，创造是幸福的。一汪碧水写春秋，满腔热血铸辉煌！默默奉献，无怨无悔。这就是黄河水电建设者们。

在我印象里，陕北应该是一望无际的黄土沟壑和大浪风沙，那里的人们贫困落后。可当我真正到达陕北时，我发现这里早已不再是我印象中的陕北了。这里的山绿了，变好看了，水变清了。其实，不只陕北。自退耕还林工程实施，大地发生了巨大的改变：不仅绿色不断延伸，农民的生产生活方式也变得多种多样，越来越现代化，逐步走上了山清、水秀、人富裕的良性循环轨道。但我们可曾想过，这些变化的背后，浸润着多少黄河水土保护工作者的心血！滔滔黄河水，辗转东流，时而咆哮怒吼，时而低吟浅唱，仿佛也在为这些默默无闻的黄河水土保护工作者送上一首无尽的赞歌。

在郑州市北郊十八公里的黄河岸边，有一个远近闻名的地方花园口。花园口北边紧靠黄河。花园口，历史上黄河曾多次在此附近决口。1938 年6 月，国民政府为阻止日本侵略军西犯，派军在花园口附近扒开黄河大堤，以水代兵，造成黄河八年改道南流，使豫、皖、苏三省四十四县市受灾。今天，黄河花园口已成为黄河风景区，两岸垂柳依依，不远处黄河标准化堤防建设有很大成绩。平坦的柏油路面，整齐的行道观赏林，常青树种点缀堤肩。堤坡上葛巴草皮长势极好。黄河大堤一百米宽的淤背区淹没在生态林木翠绿之中……花园口以崭新的姿态屹立在世人面前。站在将军坝上，北望黄河，心中又怎能不为自己是黄河人而感到深深的自豪！

吸纳天地之雨的黄河，融山之精华，万物之灵气，在孕育中华文明的同时，也滋养了我们黄河人。忘不了“南水北调”西线工程前期勘察期间，有多少勘察设计人员克服高原病和各种难以想象的困难完成工作。我不能忘记，许多黄河水文学家为了获得准确的数据，在他们心中坚守着一种信念，一直在努力着；我不能忘记，在黄河治理开发中，尽心尽力献出宝贵生命的英雄们！

黄河人民以宽广的胸怀、大无畏的精神和创新精神，努力开拓和发展黄河的各条战线和阵地，从而形成了“团结务实，开拓进取，艰苦奋斗，奉献精神”的黄河精神。我为自己是黄河人而骄傲。

“黄河清，天下宁”是中华民族的千年梦想。无数的黄河人是以怎样的赤子之心和真诚的爱心投入黄河治理开发这一伟大事业的！

让中华民族美梦成真，让黄河文明万古不衰，是我们不懈追求的动力。

我经常坐在母亲河边，呆呆地看着她。黄河水纵横交错，密如蜘蛛网。春天，风吹在河里，河水起皱，呈现出绿色的生机。太阳从云中探出头来，在河上洒下金光。每天早上，这里总是先摆脱寂寞，河水开始摇晃，船开始出发，农民开始种地。那奔流的黄河水和人们的笑声交织在一起，形成了一首优美的交响曲。

黄河是中国第二大河，它孕育了中华民族的大家庭。对我们中华民族来说，它是与我们一起成长的摇篮。

我心中的黄河是一位伟大的母亲，她用甜牛奶喂养她的许多孩子。她无私地致力于教导她的孩子，培养他们的感情。她用无数的测试来考验、锻炼他们，使中国的儿女更加坚强。

有人说：“你泥泞不堪。”是的，因为这是岁月赋予你的颜色，它显示了太阳和月亮的清澈。有人说：“你很固执。”是的，因为你心中有梦想，没有你的固执，你怎么能骑在黄土高原上？黄土高原上怎么会有沸腾的生命？有人说：“你是不明智的。” 是的，那是因为你勇于追求理想，一个小小的鸟嘴怎么能阻止你？没有你的无忧无虑，哪里就有壶口瀑布的歌声？

黄河旅游区位于郑州西北三十公里，黄河以北、玉山以南。这里绿树成荫，风景秀丽。从那里看黄河，不禁想起李白的：“黄河之水天上来，东流到海不复回。”

保护母亲河，从每一件小事开始记住：保护母亲河，等于保护我们自己。

（物理与电子工程系 2001）

黄河养人，吾辈传情

李卓凡

我仿佛看得到在数千米高的冰川上，几股潺潺的泉水、细细的涓流缓缓聚集，从一个浅浅的凹陷里流过。这一股泉水轻轻地汇集着来自四面八方的细流，在辽阔的中华大地上，由西向东，慢慢变得波澜壮阔，变得厚重踏实，激荡起有力的浪花，用自己的汁水养育了一个民族的生长。

黄河，她从一股细细流淌的泉水，贯穿着一片土地慢慢成长，像一个稚嫩的孩子，最终成为一位母亲，用自己宽广的河道和包容的浪流，孕育了生命。

黄河，中华民族的母亲河，用生命的激流养育生命，用生命的成长见证成长。

中华民族从黄河的水流中成长，在黄河的哺育下壮大。从千百年前的氏族部落，成长到今天浸润着深厚中华民族传统文化的古都。黄河给初生的中华民族以生存的希望，给壮大的中华民族生命的源泉。

当我们今天站在黄河岸畔，望着黄河激荡的浪花和奔腾的水流，仿佛看得到在千百年前，我们的祖先在黄河岸边取水，用那一汪黄河水浇灌，用那一汪黄河水哺育，用那一汪黄河水延续生命。黄河养育着中华民族，我们生长于黄河的岸畔。我们的民族，与黄河这位有着宽广的胸怀，在中华大地上用自己的流淌支撑起中华民族的血脉的母亲，有着不可分割的血脉关系。

而当她养育起一方的水土，哺育起一方的生命，我们的成长也都在他的见证下渐渐变得深厚。自古而来，黄河河畔总能找到我们的经济文化中心，我们的发明、文化、民族精神，在黄河的孕育下也渐渐壮大。黄河不仅给中华民族以生命，还给了中华民族宝贵的精神财富，让每一个中华儿女在日后千百年的日子里，无论是否在她的身侧，都有她的印记和庇佑。在千变万化的世界里，中华民族用黄河赐予的气魄，坚挺地生存着。

黄河绵延千万里，在中华大地上穿梭。在历史的长河里，它也从不曾停歇。从那个用自己奔腾的乳汁养育起一个初生的民族的母亲，到今天，她像一位有着厚重的生命历程的老者，用自己的底蕴激荡着民族的精神。她又像一位有可拨千斤之力的勇士，激昂壮阔，甚至是波涛汹涌，释放着那一份“轻狂”。

黄河的波澜壮阔令我们动容。当黄河河畔的我们，望向惊涛拍岸的黄河水时，我们的心中也总是不自觉地汹涌澎湃。我们感受着大自然的鬼斧神工，惊讶于黄河的雄伟辽阔。黄河带给我们无限宽广的胸襟，正如她用甘甜的乳汁滋养我们的生命一样，她一直是那博大、激昂、壮阔与奔腾，有时竟让我们忘了她也来源于那样一片宁静的冰川。中下游的她，用另一种独特的宁静，展现着她无比辽阔的心胸。黄河带给我们宽广的胸怀，带给中华大地激昂壮阔的美景，带给中华民族宝贵的财富。

站在黄河河畔，感受着面前不断激昂奔涌的河水与沉淀的泥沙的重量，仿佛能看到一个民族的气魄，在苦难中绝不低头，在逆境中绝不放手，在每一个平常的日子里，决不放弃奔腾。

那样奔腾的河水，我们很难想象它竟然源于一座冰川上缓缓融化下来的水，由涓涓细流孕育出来的。站在黄河河畔，向西望去，眼前裹挟着黄沙的河水，仿佛让人觉得不可侵犯，神圣得令人心尖颤动。黄河带给我们的坚韧与厚重或许正是来自这一座神圣冰川的浅浅河道里。涓涓流水，最终汇聚成人力所不能及的一条宽广的大河，在辽阔的中华大地上奔腾。

生长在黄河畔的黄土高原，我们每一个的孩子都对黄河有着复杂又深厚的爱。黄土高原也是黄河养育下的一片厚土，每一个黄土的孩子都是黄河的孩子。黄河的情，是我们心底最深的情。

黄河，一条养育了我们的河，滋润着我们生命的河，孕育着我们精神的河。当历史的车轮滚滚而过，站在今天翻滚着的黄河的浪头，我们更应该拿出黄河儿女的气魄，把黄河带给我们的精神和气魄，坚定地传承下去。

青年兴则国兴，青年强则国强。青年是民族的希望。身为新时代的黄河儿女，我们要做时代浪头的弄潮儿。而黄河，正是那个助我们登上时代浪尖的最雄伟的浪头。身为青年，也只有将黄河带给我们的坚韧、勇敢、不屈与奉献这些印刻在我们血液里的精神传承下去，黄河精神、黄河的情、才能永不中断。

传承这一份黄河情虽意义重大，却并不是宏大得遥不可及。每一个平凡的行为，或许都是黄河的情、黄河的精神。在一场困境面前绝不言弃，在自己的本职岗位上奉献自己的青春与热情，不违本心，不愧良知，不放弃民族带给我们的魂，不忘记自己身体里的黄河水,或许是每一个最平凡的我们,对黄河情最好的传承。

当时代的脚印大踏而过去，黄河在养育我们的同时，也为我们承受着许多。黄河水裹挟着大量的泥沙，沉重地在河道里奔腾。虽然这样的泥沙给了黄河下游许多肥沃的土地，但造成的水土流失同样令我们难过。黄河是我们的母亲，是生养我们的河水，浑浊不该是我们给她的回馈，一次又一次冲刷下的泥沙不该是我们对她的报答。

另外，在科技如此发达的今天，黄河的水资源浪费现象依然并不乐观。黄河曾用她辽阔的河水养育了我们，可当今天我们成长壮大起来，黄河的乳汁却不能全然被我们所用，这不该是我们对待母亲养育的方式。

站在今天，回望历史，黄河陪伴着我们的民族一路成长，在能回报黄河的时候,我们更应该拿出自己的态度。或许回报,感恩,也是黄河带给我们的黄河精神吧。

身为新时代的中国青年，黄河带给我们的精神，已经深深铸刻在我们的骨骼，成长为独属于中国青年的青年精神。也许我们还没有能力想出处理黄河泥沙的办法，也许我们还没有研究出节水农业科技的能力，但生长在黄土高原这段水土流失较为严重的黄河流域，亲手种一棵树，宣传保护黄河的观念，从自己的每一细小环节开始节约用水，亦是为保护我们的母亲河尽上的一份力——哪怕只是绵薄的力量。当千千万万的绵薄之力汇聚起来，或许就是能撬动黄河泥沙的力量。当我们每一个人都用自己的一双手为保护黄河尽一份力，汇集起来就是对黄河情的最好传承。

我们身为新时代的中国青年、时代的中流砥柱，只有树立起保护黄河的意识，只有我们最先做出保护黄河的行动，黄河才真正有可能在代代传承中恢复如她刚刚从冰川流下一般那样清澈。也只有这样，黄河才能在千百代的传承中，一代又一代地哺育她身边的生命，养育整个民族。

黄河，她用尽自己的整个血脉，为中华民族的兴旺，无私地奉献着。

黄河的情究竟是什么？是代代传承影响至今的黄河精神，还是黄河对中华民族初生时的包容与养育，还是壮美黄河从一湾小小的冰川水里奔涌过整个中华大地的气魄，还是当她养育了我们，我们要用千百倍的好去回报给她？我想，也许黄河情没有什么准确的答案，也没有什么准确的定义。每一个中华儿女，心底里对黄河的爱与依恋，黄河在千百年传承里用她的哺育带给中华民族流淌在血脉里的民族精神，黄河儿女誓死守卫黄河的决心，这便是黄河情吧。

黄河养育了中华民族，身为中华儿女的我们，感念于她的浪涛，沉浸于她的细浪。黄河与中华儿女的情缘绝不中断。

黄河养人，吾辈传情。我们在黄河的滋养下生长，在黄河精神里壮大，在我们强大时必要回报养育我们的黄河。黄河情正是在这样的传承里，在这样的来回间，变得深厚而不可轻减，紧实而永不消逝。

（中文系 1901）

黄河与故土

邢宇

它是一捧被清风一丝一丝吹来的土尘，而它慢慢在这汹涌的大河边定居。谁也不用注意它，也不会注意它，他只是在这宽阔河边的一堆黄土。它却成为一道道时光的脉痕，也成为时间长河中的一双眼睛。

那是它第一次去享受太阳普照的时刻，当它在太阳底下黄河边上慵懒地享受时，一股巨大的冲击波将它稚嫩的身形分成几瓣。它知道，那是这片大地上的霸主，这片地域的主宰。它们统治这片土地，用最原始的方式，用着最暴力的方式。而这堆新生的黄土就在还没有宣布自己存在之时，就在这原始而又暴力的统治下再次长眠。

不知过了多久，一声惊呼将它从沉眠中惊醒。一群拿着木棍上绑着石头的生物，看着河边喝水的巨虎。它知道，这样的动物在它长眠之前只不过也是原始霸主的食物而已。但它却付之一笑，因为它见过，巨龙那庞大的体形与滴血的利齿，这样微小的生物拿着微小而脆弱的石头根本与之无法比拟。同时它无法想象这几个没有健壮身躯与锐利武器的生物胆敢去冒犯那凶狠的原始霸主——顶尖的食肉动物。

“原来的霸主哪里去了呢？”这是用尽它那全部尘埃也无法得到答案的问题。风儿似乎也看不下去，加大力量为它助力。一风一土就沉浸在这个无解的问题中，当风再一次加大力量的时候，一股腥气打断了它们的思考。而在巨虎刚刚的饮水之地，只留下一摊血迹，周围拿着石头武器的稍微有点大的猴子也不见了。当树叶再次泛黄之时，黄土在享受着大树给予的被子再次进入长眠。

不知过了多久一滴一滴的露水将它打醒，原来它的头上已经长出了几棵稚嫩的小草。看着那青草头上顶着的饱满颗粒，它一直在想那是什么，是从银河坠落的点点繁星，还是清澈河水的滴滴晶莹，还是那甘甜露珠汇合的日月精华？而在此时，一个穿着兽皮没有多少毛发的猴子小心翼翼地将顶着饱满颗粒的小草带走。它不知道这意味着什么，只看到那猴子上的皮衣是在自己旁边饮水的巨虎的皮。它在想，是原来的霸主回来了吗？但，没人会给它答案。当另一个类似的猴子跑过来时，它勉强抖了抖身上的灰尘。想引起猴子的注意，但那个猴子只是凝视着自己周围的各种小草。只见它迫不及待地将一株株小草拔起，一株又一株塞进嘴里。每吃完一株，就会拿起兽皮在上面用石头画几下。而奋力抖动的黄土，却始终无法引起它的注意。它别过头去，看着河水流过的印痕与河面的波痕，不经意间又再次沉睡。

一丝丝的颤抖将这捧黄土惊醒，而它警惕地看了看四周。它离开了它的土地，离开了清澈的河水边，感受这第一次的镂空感。在不安中，它被它曾经看不起的生物粗暴地搬了家。而当它再次醒来，看到原先与它做伴的那株青草再次与它为伴，有种老友相逢的感觉。当它准备打招呼时，一个大猴子拿着装着水的容器进来，在它干涸的身体上倒了水。它知道那是它原先居住的大河里面的水，而它也第一次和水相遇了。它的身体开始黏稠，它仿佛遇到梦中伴侣一般高兴。青草也感受到了它的高兴，长得愈发高大。青草被那些大猴子摘取，恰巧它的一粒尘埃附到了青草上。在这运动的过程中，它看到了一半沉在地下的房子，以及一群在旁边给自己的黄土兄弟“整容”的大猴子们、一队扛着大老虎尸体回来的大猴子。而他们手中的石头也变得更加光滑与锋利。到达目的地时，跟随这颗粒被抖到一张巨大的树叶上，一起被太阳普照，一起被热气晒热。而它也知道有了房子的地方就是家，有了家的地方就是故乡。同时它也知道了这群大猴子的名字——人。

当沉迷在热恋的黄土看到那被送回来的颗粒时。它知道，这群人将是这片土地新的霸主，它们更懂自然与生命之间的交替。它准备深究之时，一股河水又到了它身上，它也在这热恋中再次入眠。

这次吵醒它的不是那甜甜的恋爱，也不是轻轻的抚摸，而是一声声的叫喊声。它认为新的霸主正在拿着比巨龙利齿还锋利的铁器，向着自己的同类砍去，用着比犁地还大的力气，挥舞着利器，一滴滴血滴在黄土的头上。它想提起抗议，可一道道被车碾过的辙痕拖垮了它的身躯。它看着这样凶狠的人，它想起了曾经践踏它的巨龙。而它想起第一次沉睡之后的变化，它明白土地的霸主又要更替了。

天不随土意。在它醒来之时，它看到主宰这片土地的还是人。这次的它被一个冰冷的铁片铲起，它进入了一栋小房屋成为一面墙的一部分。在它听人闲聊时，它明白了它原来住的那条河叫黄河，而它也知道这里已不仅仅是它的故土，也是这一群居住在此的人的故土。他们和它一样，在黄河之水的滋养下生存，在黄土遍布的河畔生活，在富有生机的土地点着炊烟。它看到背着月色去耕种的男人、院子里织布的女人，同时也看到比较小的男孩用他稚嫩的手写着“故乡”两个字。

不知从何时起，黄河水开始变得浑浊。河流的波痕有些微弱，而水也淹没了人们辛苦劳作的土地、辛苦建造的房子、辛苦培育的作物。而这黄土，也被巨大的波涛冲垮，失去了意识。

一声声巨响将它从噩梦中拉回来，它看到原本汹涌的黄河水，已经变得平静。它看到自己被曾经在屋子里学着写“故乡”的孩童，用稚嫩的肩膀担在小篮子里，把自己小心翼翼地倒在已经坚固的大坝上。它看着曾经把自己蹂躏的黄河，却还想依偎在它的身边感受它的激流冲刷的快感。一滴熟悉的露水打在了它身上，这是粟与黄土第三次见面。当它看到熟悉的老友时，它明白人们已经回来了。被这条名叫黄河洗练过的人们又回来了，他们用更加熟练的手建造着更加华丽的房屋，用更锋利的农具开垦着更大片的耕地。一切的一切，都变得更好，唯一不变的就是生活在这里的黄土与人们。

这一天，一阵阵风尘袭来，它看到那是曾经将它碾碎的马车。这一捧黄土在为这里生存的人们担心。在它那简单的印象里，这曾经给它留下伤痕的战车，对人来说也是不幸的。当马车即将冲到人们的屋前，上面穿着泛着金的棉袄的人，从马车上跳下来，与在屋前穿着褴褛粗布、嘴上留着残渣、头发披在额前的人紧紧抱在一起，不会有丝毫的不恰。当嘴角的残渣沾到归来人的发鬓时，与这片土地格格不入的就不是穿着金丝棉袄的人，而是这件华丽的金丝棉袄。第二日清晨，一个扛着锄头面露微笑的人从屋里出来，耕着这熟悉的黄河地与故乡地。下午，当他再次披上金丝棉袄坐到丝绸遮挡的轿子里时，他已经从笑容满面的农人变成威严的老板，继续督促他的马夫驱马而走，督促他的伙计装米上车。黄土知道，这就是那个学着写“故乡”的小孩。黄土记得他上一次回来时，还是用自己的双臂拉着车回来的。

一滴一滴的雨水冲到黄土的身躯之上，河流更加激烈地冲刷着，不仅带走更多的黄土，也带来了新的黄土。雨停了，河流也平缓了，新的黄土也安定了下来。而它是幸运的，它留了下来，可他身上的印记不见了。那是“白日依山尽，黄河入海流”的雄伟震音荡下的波痕；那是“黄河西来觉昆仑，咆哮万历触龙猫”的坦荡壮音击出来的坑洼；那是在众多思乡颤音下的泪痕。一代一代人在它旁边、在它身上用诗颂词赞这条河。而现在没了，黄土又变得和新的一样，就和穿上新衣的从经商途中回来的少年一样，一样的狼狈，一样的陌生。

一股细细的水流从它的身躯中溢出，打搅了它安详的下午觉，当它再次回头时，它发现自己到了“异乡的河流”。这河的水很不清澈，像污泥一般，是一条满是尘埃的河。它开始想他的母亲河，想他那片故土地。想故土那条清澈的河、那清澈的水流经自己身躯的快乐和那干净的河底中朝自己笑的长满青苔的石头，想它那一片片平整的草地，而不是这沟壑纵横的七零八碎的小片小片的草地。它想他的故乡，想故乡的一切，就在这样的想念中它沉醉到了对故乡的思念的迷梦中。

“什么？这就是黄河？可真是‘黄’河呀！”惊叹声将它的美梦惊醒。它看着周围大大小小的黄土堆围着这条河流惊叹这是黄河。黄土堆嗤笑一声。黄河是我的故土，它是我的家乡，它的水波光粼粼。岸边的石头，水里一半，岸上一半；周围的树木，那里一大片，这里一大片。这里的河根本不是黄河。它用它最自豪的神情、最骄傲的语气、最夸张的词语来刻绘他的故乡。“这里不就是黄河吗？”一道疑问将它的话语打断。它正准备用它最愤慨的语气去再说一遍时，它突然语塞了。它看到那个熟悉的人影，那个熟悉的房屋与熟悉的拥抱。它不明白那一家人为什么要搬家，为什么要离开故乡。但，它看到那熟悉的小篮子后它明白了，这里就是家，就是曾经的家，不是现在的家，但这就是家。

这时风又来了，要带它离开，它明白它的故乡已经变了，但再变也还是它的故乡。它不能走，既然故乡变脏了，那就让她变得干净。它每天都在奋力移动身躯，让一丝一丝的污水从缝隙中流走，总有一天，故乡会变得再次干净。终于有一天，它成功了，河流汹涌流出，再一次冲掉了房屋与农田。但人们也再一次回来，重新建造房屋，重新开垦农田。而黄河也一直是“黄”河，没有改变。

当黄土正一次又一次去努力给母亲洗澡时，一滴滴鲜血滴在它身上。它稍微嗅了一下，那是与它朝夕相伴的黄河人的鲜血。一滴一滴地滴下溅起血色的灰尘，血液渐渐干涸，留下红色的血渍。它不知道发生了什么，也不想知道发生了什么，它只想好好地与它的故乡相伴。但激烈的冲锋声与震耳的巨响将它从伟大的事业惊醒。它转过头，准备去训斥它的邻居，但它发现它的邻居，身上多了几个血孔，褴褛的衣服上多了几道血痕。但，外面任由头戴钢盔的人屠杀这片故土的人。它不知道哪些人是什么人，它只知道那是和那件金丝棉袄一样没有黄河故地气息的人，是外乡人，是没有使用过黄河水的异族人。是不同于那些与黄河共度岁月年轮的在这里种庄稼的老汉，是区别于那些拿着黄河泥土往自己脸上擦的梳着羊角辫的小孩，是区别于光着双脚在泥地行走的穿着破衣的壮汉。但它却不会管这些人，因为它知道母亲最重要，黄河最重要，这片故土更加重要。它依旧去并且从未中断地清洗它的母亲。

终于，它又一次成功了。黄河里的黄河水又一次汹涌地冲出，宛如一头巨兽冲出去囚笼，将这群异乡人不知从何处带来的食物冲得零碎，将他们搭建的帐篷拆得稀碎。当一粒粒黄土进入他们的鼻孔，一股股细流冲刷他们身体之时，他们睁大双眼，黑色的眼珠即将突出眼眶，宛如黑洞一般的嘴将他们的舌根完全展露。剧烈震动的喉结展示了他们的恐惧。昨日燃起的篝火中未燃尽的木柴与燃尽的灰烬，与象征人类文明的火焰被这次大浪冲走了。从帐篷里窜出来的人们拿起装着长刀的木棍离开了。巨浪一波一波地袭来，一个个绿色的钢盔也漂出水面。那搭起篝火的三根木柴，也在水上漂浮。黄土看着恐慌的人们，它有些新奇，因为那些有着故乡气的人从来不会这样，那些生活在黄河土地上的人是真正的黄河人。他们明白母亲，明白黄河，明白故乡。

奔涌的黄河水开始平静，漂浮的绿色头盔装满了沙土而下沉，沉到了水底，与河底的石头进行了碰撞。岁月的顽石击碎了异乡的钢盔，异地的篝火在这里熄灭，异地的人从这里离去。黄土看着这片狼藉，立起耳朵等待故乡的号角，拱起鼻子嗅这黄河人的气息。炽热的阳光一次次冰冷地落下，清冷的皎月一次次热情地升起。一层层尘埃笼罩了绿色的帐篷，曾经搭起篝火的木柴上长出蘑菇。沉在黄土里的半截木柴勉强维持着残破的身躯。风吹走了一股黄沙，又带来了一股黄沙，一粒粒黄沙努力掩埋着探出头的黑色皲裂枯树皮。

当太阳从东边缓缓升起之时，当风儿刮走枯木上的黄沙之时，当残破的土墙上滋生出第一个嫩芽之时，当这一捧黄土又一次直视前方时，一个蓝色的帽檐突了出来，一个红色的五角星在太阳下熠熠生辉。它知道，他们回来了，曾经的黄河人回来了。

当晚，粗糙的大手将黄沙里的枯木捡起，将枯木上的蘑菇采摘，将田野的篝火点燃。这里夜空中的繁星也再一次被炊烟所笼罩。黄河这片故土上又一次有了熟悉的人。那熟悉的墙又一次砌了起来，熟悉的粟又一次从地里冒出头来。

常青树不是不落叶，而是落叶即生。把黄河河畔当故土的人，终究会回来，不管如何困难，终究会回来。因为，一条黄河，就是一片故土，就是一群黄河人。

一天，它被一群穿着蓝衣服的人开着机器铲起，倒进了黄河。接着越来越多的黄土与石头被倒进了河里。它终于和它的故乡融合到了一起，和这片故土永远地融合到了一切。终于在那一天，它知道了它的新名字——三门峡大坝。

（中文系 2004）

黄河在我心中流淌

郭馨璘

黄河，这条中国第二大长河、世界含沙量最多的河流，与所有中华民族儿女都紧密相连的大河，形如一条曲折流动的“几”字形缎带，就像是我们体内流动的血液，给予我们生命力。它是我们同祖辈、同历史相连的桥梁，是我们探索文明的源头。一粒粒累积的沙土杂糅在河水中，是北部高原风的馈赠了，它汇聚万年，沉淀千年，才有了金黄的河水，有了我们黄色的皮肤。伟大的母亲，不止于寒冷的青藏高原，一路向前，穿过冰山雪原，越过沙漠戈壁。那时的她还是清新、优雅的。继续前行，沿途她留给她最小的儿子更多的关怀，使干旱少雨的宁夏平原可以有“塞上江南”的美称。如此来说，她虽不如长江浩渺，也缺少珠江的几分丰盈，但母亲她也是让孩子们雨露均沾的呀！北上遇到了阴山兄弟的护卫，才使我们的母亲能够拂过整个中华大地，滋养整个中华，是真正属于中华民族的母亲河。至此，她来到了她人生必不可少的一站，也是最惊心动魄、壮阔雄浑的一站。她的到来，使偌大的黄土高原分成了两部分，有了著名的秦晋峡谷和壶口瀑布。是的，到了北纬36度左右，我们的黄河母亲不再平静迟缓，开始了她的嘹亮高歌和激昂唱跳，开始了她的怒吼与咆哮。站在黄河边，地图上那一小截蓝线竟成了倾泻直下几十米的金色大瀑布。站在河岸巨石上的人们，张大嘴巴伸开双臂，以最亲切的方式去回复伟大母亲，这时他们内心都会感悟到母亲磅礴的生命力和自己的渺小。她不停地奔腾，与两边高坡的黄土一样永远存在，永远运动。半水半沙的雾和我们融为一体，都是那样闪亮，这是大地的朴实，是泥土的写照。

我这个地地道道的北方人，与黄河有着深深的不解之缘，我的家乡在黄河第一大支流渭河的南岸，但我上高中时，学校却在渭河的北岸，所以每周上学放学，我都可以穿梭在横跨两岸的渭河大桥上。渭河两岸还是自然的河漫滩，它在关中平原时，还很清澈，因为地势平坦，流速也很缓慢。有时向车窗外眺望的我曾看向远方，那个它流经的地方，它将要和黄河母亲汇聚的地方和中间凸出的沙洲，心里不由得十分激动。伴着渐变的云层和微微霞光，我朝着我心中的那个远方奔去。上了大学，也是在几个月前，我也因为求学，乘坐高铁横越了我们的母亲河。在跨河的那几分钟的高铁上，从一窗窗浮动的平原和果树，突然转到了两边全是泥沙的河岸，那么平坦宽阔，天河相接笼罩了一层薄纱。高铁上的乘客看到了黄河的平静与博大，内心无法平静。大家都沸腾了，有的徐徐站起身来，也有人连忙聚焦拍照，而我则是列车一直前行而脑袋却一直向后目不转睛的那个少年。直到眼前又是一片现代化的农田……我跨越的不仅仅是秦晋两地，不仅仅是横穿了母亲河。我从河西来到河东，将要感受的是母亲给不同地区的人带来的同样的恩惠和养育。两次求学，两次接受了大河文明的熏陶，我幸运地来到了这个山西最南端，黄河第二大支流汾河汇入的被称为“河东”的地区——运城。

来到山西，来到运城，我惊叹于这里的历史文化，我被无数历史名人吸引。这片紧挨黄河，紧依黄土的大地上，竟诞生过这么多文化名人、学者和将军。是呀，也有许许多多平凡的人在这片土地生活，我们的母亲就是这样伟大，这样包容，不管地位高低，不管长幼尊卑，都可以享受她的哺育。她经过多少省市、多少面积的土地，不管历经几万年、几千年，有她的身影永远在身边。

我们的母亲兼容并蓄，各大支流在不同的地方汇聚，集成了一个全新的水系，使她的体魄更有力更强劲。母亲吸纳与包容的力量就好像中华民族各个地区人民之间的凝聚与团结。疫情告急，无论东西南北，都是全力以赴，相互扶持，互相帮助。长江险情，消防队员、志愿者争先恐后，冲锋陷阵。无论是大河文明还是大国精神，黄河水洗出的黄皮肤，在中华上下五千年，都历久弥新，不断发扬光大。

当树上最后一片树叶完成了与风的挣扎，回到了它初生的地方，人们换上厚衣，我们的母亲也许会因为冰封休息片刻，但她的体内，奔腾血液在不断流淌着，那个鲜为人知的水下世界仍然生机勃勃。是呀，冬天来了，春天还会远吗？到那时黄土高原的黄土地上也会有人们新栽的树新发的芽新长的叶向母亲问好。向东的路程也会滋养无数活着的生命，直入到渤海去，投入到大海的怀抱，形成那如泾渭分明的青黄一线。每时每刻向前推进……

而今，我大学四年暂居于这片黄河大拐弯的土地，伟大的母亲在这里会重新改变方向，慢慢沉稳地向目标奔去，我也定会有一个完美的转折，虽然不能像她一样永远奔腾，但我定会运用四年的时光来塑造更好的自己，去追逐远方的理想。那个日子，那个时刻，我到达了目的地，但驶向终点的列车依然飞驰前行。同时刻的母亲河，依然源源不断，滔滔不绝，她一直是永恒的又是全新的，就像我们中华民族一样世世代代永远前进，永远奔向远方。当我一次又一次跨越黄河时，她或许也会因为我悄无声息地变化，时不时翻起一小片浪花，像是给予我祝福。

无论站在黄河哪一边或哪一处，以它为原点，向前是平原与大海，向后是高原与雪山，她潜入了农民的土地里，她流动在人们的体内，她流淌在我的心中。与无数文人墨客一样，我又怎么可能不敬佩这伟大的母亲河？我又怎么可能不敬佩这伟大的母亲河！谢谢您，伟大母亲跨越万水千山走遍的中华大地，缔造了不同时代的我们，而她本身则早已是生命之源，文化之根，民族之脊梁！

（中文系 2004）

澎湃于血脉深处的母亲之声

张晋

站在黄河岸边，茫茫黄土被风吹起，弥漫眼帘，耳畔回响着大河自九天而下的澎湃之音。把眼睛闭上，那润泽脸颊的水气仿佛把我带回到遥远的荒古岁月。

四面八方肆虐的河水把眼前的一切都卷携带走，无数的人在水中号呼呻吟，岸边是一个魁梧的男子，脏乱的发须，赤足戴笠，手拿着类似锹的工具，布满血丝的眼中，闪烁着痛心的光芒。“禹，这已经是今天察看的第十七处决口之处了，前面是您的家，回家休息一会吧，您已经许久未曾与妻子见面了。”大禹揉了揉脸，转身向下一处决口之地走去：“我的妻子还可以憧憬我们的未来，可是晚那么一天治理水患，就会有数以万计的族人，再也见不到明天的大日了，走吧，到下一处去。”迎面的风把雨水狠狠地砸在前行者的脸上，生疼；每一步踏出都得极为小心，暴雨让河岸变得疏松，稍有不慎，便会像两日前的同伴一样，被大水卷走。他们步履蹒跚地前行，拄着锹，扶着笠。暴雨中的云都仿佛有了千钧重量，簇拥在一起，排山倒海般袭来。在咆哮的河水、怒吼的雷雨中，那群人显得如此渺小，像是缀在广袤天地中的黑点，可是在那一串步步向前的黑点面前，无论是咆哮的河水还是怒吼的雷雨，都是那么无力，因为它们根本无法阻止那群人，哪怕只是一步……

大河终于不再肆虐了，大禹望着在河畔忙碌的族人，他们在播种，在建房，在被摧毁的废墟上重新建立自己的家园，疲累在这一瞬间涌来，紧绷的神经放松了，然后，缓缓倒下，在他倒下的时候，太阳把光射在黄河之上，粼粼波光在他眼前晃荡着，晃荡着……

睁开眼睛，发现风停了，那波光粼粼的黄河，在眼前跳跃着，我知道，黄土可以掩埋的只有人的肉体，那种更为重要的精神，早已被黄河所铭记，流淌在每一炎黄子孙的心里。黄河一日不断流，则此精神一日不泯灭。这种精神，被称之为“使命”，被叫作“担当”。哪怕是黑暗的封建社会，也有着千吏灯火不灭，佑护一方安康；而在当下的中国，被人民推选上任的公仆，在数次的危难考验前，哪有半步退缩？他们秉持的信念是“一家灯火独亮，比不上万家灯火通明的光芒”。于是地震了，就算高如总理也会赶赴一线，于是疫情时，哪怕低到村长，也会把心血熬干，把生命奉献到任上。

再次把眼睛闭上，些许的泪水沾湿了眼眶，耳边的阵阵涛声，把我再次引入一个奇瑰的时空殿堂。那是筚路蓝缕的人用自己的勤恳在黄河岸边勾勒理想，他们把足迹留在大泽山川，把汗水洒满了密林沼泽。黄河水的喂养，让他们有着大地般的坚韧，所以无论面对多大困难，他们的头颅始终高昂不肯低下，无论生活把怎样的重担放在他们面前，也不过是用厚实的脊梁把一切扛在肩上；黄河水的滋养让那群人有着水的柔顺，也有着水一般的刚强。日寇入侵，中华危亡，我看见无数的父老把仅存的粮食塞给了抗战的部队，我看见新婚妇人的婚被垫在伤员身下，鲜血把红被染得更红，也把军民的心连的更紧；我看见老妇人含泪送走自己独子，哪怕他的父兄已然身死战场，老人目光里闪烁的泪光，泪光里折射的，是言语无法形容的刚强！我想，女娲抟土造人的时候，所用的一定就是黄河水，不然怎么所有人的血脉都紧紧连在一起，不然怎么会有那么多的白骨葬在沙场，不然怎么会有满门忠烈的故事流转神州，不然怎么会有人，宁愿与一条大河共存亡？咆哮的黄河把民族士气高扬，告诉着世界，中国人永远不会让国土沦丧，因为铸就脊梁的是父亲般的泰山，因为赋予血脉的，是母亲般的黄河。

咆哮的黄河渐渐平和了下来，因为无数的鲜血渗透黄土，换来了天安门上开天辟地的一句等待了几个世纪的话。停止了咆哮却没有停止前行的步伐，黄河和中国人民一起开始了又一段奋进的时光。中国的儿女对故土有着非同一般的眷恋，不然，不会有落叶归根的期盼，不会有客死异乡的悲凉。但，为了祖国的富强，为了给儿孙打造自己所不曾拥有的幸福世界，他们还是背起了行囊。离开故国，不是丢掉责任，流浪海外，正是拾起了担当。地域洋流重重山，隔绝的只有形体；梦乡血脉深深情，连接的却是魂灵。滚滚黄河，吟唱他们的报国事，汹汹黄土，沉淀他们的中国心。环境的优渥难改战士心弦，逐梦赤子终归故乡。终于，用罗布泊的巨响，回馈父兄用汗水灌溉黄土给予的机会；终于，用响彻天空的“东方红”告诉了母亲自己并未忘记属于自己的担当！在那个时代，他们被称为“天之骄子”；在那个时代，还有一批人被称为芸芸众生。是的，是平凡的，像黄河中的每一滴水一样平凡，但，让三峡的水为中华大地服务，让红旗渠的水环绕太行山上，让自由的风从1978年开始吹拂，让富强的气象充斥在每一寸土地之上。这群平凡的人，用自己的汗水浇灌着，终于，中国人可以在世界面前，再次挺起胸膛；终于，黄河把几百年来的屈辱冲刷。

把眼睁开，那浩荡的黄河仍在向前，耳畔除却那来自九天坠地的轰响，还有一种声音：经济的大动脉在沿海，带动中国腾飞的力量已不是黄河流域。黄河已经没落了，应当和农业一起，在机器的轰响中，应声而碎！但，这种声音在黄河的轰响中细若蚊蝇，黄河依然在那，在所有人内心深处，深到无论你如何不以为意。在看到黄河的一刹那，在听到响若奔雷的一刹那，还是会有一种震撼，一种叫作“黄河之水天上来”的震撼！一位母亲不会因为自己的子女有了成就而伤悲，不会因为子女无暇陪伴自己而难过，她要做的是，让优秀人格的光芒在历经时光洗礼还在子女血脉里发光；是在子女遇到危难的时候，和他们一起面对，以阵阵咆哮，激起他们心中的风雷；是在子女需要奋进的时候，唤醒他们深藏血脉深处的力量。黄河已然润物无声地把自己与炎黄子孙绑在了一起。从三皇五帝的传说，到诗人笔下的雄浑，再至抗战的怒吼，改革开放的浸润，哪一个时代都无法离开黄河，就像一个孩子，永远无法忘记自己的母亲。中国的枝叶已然无比繁盛，在这个广阔的新时代，更是把自己的生命力井喷爆发，可是追根溯源望去，一切的根基，都是那条在血脉深处流淌的黄河，是那在血脉深处回荡的母亲之声……

（经济管理系 1904）

颂黄河

吕萌

黄河，作为中华民族的母亲河，是中华文明的摇篮。她从遥远的历史长河中走来，在中国沧桑的岁月中奔腾，在战火中川流不息。她以浑黄的河水在世界一展风采，以如雷的水声响彻河坛，以磅礴的气势震慑四海。她代表着炎黄子孙，滔滔不绝，绵延不断地向前奔流……

奔腾不息的黄河水教会了我们如何与自然和谐相处，其中蕴含的开拓创新精神指引代代人民向前发展。在上古时代，黄河流域的地理环境较长江流域优越，进入新石器时期，人们在这里安居乐业，休养生息。但又因“滮池北流，浸彼稻田”，遂治理黄河，兴修水利，保民安邦。历代劳动人民，特别是先贤们不断努力，提出过各种“治黄”方略。从神话时代的“疏川导滞”到战国时期的“宽立堤防”，从汉代的“贾让三策”到宋代的“兴筑遥堤”，从元代的“治河二策”到明代的“植柳六法”；从清代的“引流杀险”到中近代的“凿泾引渭”等治黄方略都无不闪耀着中华民族智慧的光芒，体现了我国劳动人民治水安民的先进思想。如今，黄河治理仍然是我国政府所重视的一项重要工作，科技治水、科技治黄的方略不断丰富、发展和完善，黄河治理、开发与管理全面推向现代化，将最终实现黄河长治久安的目标。可见，从古至今，黄河水与中华民族早已密不可分，黄河精神早已如春风化雨般融入中华儿女的血液中。

奔腾不息的黄河水孕育了我们生生不息的民族文化。文人墨客用精妙绝伦、豪迈壮观的语句借黄河来表述自己的心意。“欲渡黄河冰塞川，将登太行雪满山。”诗仙太白借渡黄河之艰难来描写心中之困惑；“关河梦断何处，尘暗旧貂裘。”陆游借“关河梦”表达壮志难酬的悲愤；“三春白雪归青冢，万里黄河绕黑山。”柳中庸借黄河来表达征夫长期守边、转战塞外不能还乡的哀怨之情；“朝闻游子唱离歌，昨夜微霜初渡河。”李颀用渡河之景写出了友人分别凄凉的心情；“何日请缨提锐旅，一鞭直渡清河洛。”岳飞借想象渡黄河铲奸贼写出了精忠报国的拳拳赤子之心。川流不息的黄河让无数诗人为之感慨，为我们留下了许多美妙的诗篇，让近人时至今日仍能感悟其中之奥秘，体会其中的人生百态。黄河精神早已成为千百年来中华民族悠久深刻的文化基因，成为我们血乳相融的文化基础。

奔腾不息的黄河水培养了我们坚强不屈的民族意志。几千年来，黄河流域一直作为封建统治的中心，接连上演了广大劳动人民反对压迫的斗争故事。秦末的陈胜、吴广，两汉的赤眉、铜马、黄巾军，隋末的瓦岗军，唐朝的黄巢、王仙芝，明末的李自成、张献忠等，都在黄河流域这块土地上谱写了一曲曲雄壮的乐章。战争年代，“六六战役”中八百壮士投黄河为国献身；被赞为“革命的女儿，人民之友”的雷德容一生都在为革命事业而奋斗；开天辟地一代英杰——董必武为缔造先进的政党和崭新的中国，倾注了自己光辉的一生；“此生合是忘家客，风雨登轮出国门”抒发了可当大局的秀才——何叔衡对党对共产主义事业的忠诚；牺牲时年仅十六岁的刘胡兰被毛泽东同志誉为“生的伟大，死的光荣”；我军第一个在战场上殉国的高级指挥员——左权将军以自己壮烈而无愧的人生证明了一个共产党人对中国人民解放事业的无限忠诚。新时期，孔繁森情系藏族人民，凝血西域，是为“国杰民子党魂”；一道红霞——巾帼英雄任长霞剑胆琴心侠骨柔肠，切实为百姓办实事，深受人民爱戴；村支书的好榜样——史来贺，用五十一年的时间把一个贫穷落后的小村庄建成了河南乃至中国大地上的一面旗帜。可见，中国人民在千年岁月中不断以黄河精神磨砺意志，砥砺前行。

奔腾不息的黄河水见证了我们自强不息的奋斗征程。我国从古到今有许许多多的英雄人物在践行着“天行健，君子以自强不息”的优良品格。君可见，孙膑因才华过人被陷害。截去膝盖骨后从此无法行走，但他没有被这场横祸击溃，而用自己的军事才能撰写了兵家奇书《孙膑兵法》；君可见，苏轼被贬谪蜀地，不曾怨天尤人，而是选择记录书写，完成了流传千古的《念奴娇·赤壁怀古》；君可见，苏秦一度穷困潦倒，但他没有沉湎于现实的不堪，而是发奋攻读，功成名就之时感慨“使我有洛阳二顷田，安能佩六国相印”；君可见，林则徐虎门销烟之后虽被发配边疆，但仍心系百姓，留下泽披世人的坎儿井；君可见，詹天佑为保护祖国筑路权浩叹：“生命有长短，命运有沉升，初建路网的梦想破灭令我抱恨终天，所幸我的生命能化成匍匐在中华大地上的一根铁轨……”他们都曾陷于泥泞，却始终与命运抗争，在黑暗中摸索前行。逆境没有摧毁他们，自强不息的精神一次次激励他们重新站起、蓄力前行，从而成就自我。“以不息为体，以日新为道”。自强不息的精神永远在中华民族的历史长河中熠熠生辉。

“风在吼，马在啸，黄河在咆哮，黄河在咆哮”，雄壮的歌词彰显出你的古老和辉煌。五千多年间，你养育了一个又一个伟大人物，哺育了一代又一代的中华儿女，创造了中华民族五千年光辉灿烂的文明史。炎黄先祖与世世代代的炎黄孙以自己勤劳的双手、智慧的头脑创造了这个文明古国，在中国悠久的历史篇章中，写下了举世瞩目的一页。

如今，世界格局瞬息万变，中华儿女必将用智慧与汗水谱写伟大的中华民族复兴之曲，用“长缨在手，谁缚苍龙”的魄力叱咤时代风云！

（教心系 2006）

相遇即是热爱

潘佳蓓

十八年前我满怀期待来到了这个世界，就这样我与这个世界相遇了。我带着懵懂去热爱这个世界，去热爱祖国的大好河山。

黄河是我们的母亲河，也是中国第二长河，它全长五千多公里，位于我国北部地区，流经青海、甘肃、内蒙古、河南、山西等多个省市（自治区）。黄河可以分为上游、中游、下游，它有一个河段会流经黄土高原地区，因此携带大量的泥沙，所以我们有的时候才会看到黄河水是黄色的。

黄河她孕育了一代又一代中华儿女，她见证了太多太多的故事，无论是好是坏她都看在眼里。

中国经历了太多磨难，黄河也见证了中国的成长，她一步一步走来有多么的不容易。清朝后期开始到中华人民共和国成立，那段时间的中国人民是怎样在灾难面前顽强拼搏，一步一步闯出属于自己的未来。设想一下，如果当时没有人站出来保护我们的祖国，现在的我们又会怎样呢？现在中国这沉睡的雄狮已经醒过来，我们将屹立于世界之巅。

我们因缘分而相遇，又因相遇而热爱。因为热爱这片净土我又无比地珍惜与爱恋。这份热爱与珍惜让我不自觉地想要去保护。黄河养育了我们，而我们对她的情又何止是三言两语就能够说清的呢？

千百年来，奔腾不息的黄河同长江一起，哺育着中华民族，孕育了中华文明。炎黄二帝的传说就产生于黄河流域。尧舜禹都曾在这里建都繁衍。陶寺遗址的考古挖掘，佐证着我们祖先文明的源头。舜帝陵坐落在黄河岸边。大禹治水的遗迹在向我们不停地诉说着中华文明的古老。伴随着文明的起源，九曲黄河，奔腾向前，以百折不挠的磅礴气势塑造了中华民族自强不息的民族品格，是中华民族坚定文化自信的重要根基。源远流长的黄河根祖文化，是中华民族文化自信的根与魂，需要我们去保护、去传承、去弘扬。

雨再大，都想送你一小片晴天，祝你不经历风雨。我想做那风雨中的执伞人，去保护黄河不再受到苦难。

“假如我是一只鸟，我也应该用嘶哑的喉咙歌唱：这被暴风雨所打击着的土地，这永远汹涌着我们的悲愤的河流，这无止息地吹刮着的激怒的风，和那来自林间的无比温柔的黎明……——然后我死了，连羽毛也腐烂在土地里面。为什么我的眼里常含泪水？因为我对这土地爱得深沉……”这是出自艾青的《我爱这土地》，“我对这土地爱得深沉”这句话充分体现了艾青对祖国以及祖国这片土地的热爱。

黄河啊，我不远万里来到你的身边，如同你不远万里奔波于黄土高原。不为别的，我只想亲近你的肌肤。爱慕你许久，自出生注定与你结缘，一切的一切都是宿命。站在你身边前所未有地震撼，不由连连赞叹大自然的智慧。爱你敬你出于本能，如同孩子爱母亲般纯情，你的魂锁住我的心比海枯石烂还要坚定。迷茫时你拉我走出困境，这就足够。你陪我们走过了很长一段艰难的岁月，我们一定就用我们的余生来陪伴着你。

《黄河大合唱》创作于中国抗日战争时期的 1939 年春天，同年 4 月 13 日首演于延安陕北公学大礼堂（由邬析零指挥），即引起巨大反响，随即很快唱响全国，成为抗日歌曲的“主旋律”和时代的最强音。这首歌正是人民反抗侵略，保护祖国的一种象征。他们用歌曲来表达对祖国的热爱，他们与祖国相遇，因为这场相遇他们热爱祖国这片土地，因为他们热爱祖国所以他们会不自觉地去保护我们祖国，去传承祖国文化。

他们用音乐的形式来爱我们的祖国，我们也应用不同的形式去保护、传承黄河文化。我们应该让相遇变得有意义，我们应该感谢相遇，因为相遇才有了更好的明天。

相遇即是热爱……

（生命科学系 2005）

忆黄河

高巍

黄河，像是我们中华民族流淌着的血液，在我自己看来，我心中的黄河有着不一样的气魄，因为黄河承载着我们整个民族的精神。

黄河滚滚奔向东南。惊涛澎湃着的黄河，有着自己的气势。在途中它掀起了万丈狂澜，一波又一波地流淌着，结成九曲连环，从昆仑山下直接奔向黄海之边，将中原大地从中间劈成两半。黄河，是一个坚强而又伟大的巨人，出现在亚洲的土地上，用那英雄的体魄，筑成保卫民族的屏障，无时无刻不呵护我们的祖国。

我们的母亲河，哺育了一代又一代的人，像一位慈爱的老母亲，把她的子孙养育成人，她却默默地在岁月中独自老去。

我心中的黄河更是危机重重的。从古至今，黄河在为人类默默做出贡献的时候，也在给人们带来灾难。她不断给黄河流域一代的居民带来洪灾，亦或是在宣泄着对人类的不满。如果人类对生态环境继续破坏，黄河将会变成什么样子呢？还会给人类带来怎样的灾难呢？这使我忧心忡忡！

目前人们的生活品质在一点点提高，很多人都会选择出门旅游。作为我们中华民族文明的发源地——黄河，自然也少不了来众多参观的游客。旅游业迅速的发展，也带动了本地的经济发展，但就是在旅游业发展日益变好的同时也为我们的黄河景区带来了不小的影响。发展快是好事，但是在利益的面前，总会有人被利益冲昏了头脑，做一些不利于环境的事。为了能够彰显黄河鲤鱼的特色，一些饭店把自家的大船停到了黄河岸边，在船上做起了生意。这本是一件好事，可以极大地推动黄河沿岸经济的发展，但做生意必然存在着竞争，一些饭店常常因为经营方式不正确或者无人来光顾而倒闭。那么在这些饭店倒闭后，废船破解后的残留却带来了一些污染的问题。绝大多部分的船只依旧停在岸边，河中也存在着大量拆卸物，这些东西势必会给黄河造成一定的污染，破坏我们的母亲河。以此类推，黄河为什么会给我们带来一些灾害，归根结底，都是我们自己一手酿成的错误。

黄河断流使沿黄河地区水资源出现供需失衡的情况，工农业生产、城市生活、生态环境用水之间的矛盾日益突出，对沿黄河地区社会经济发展和生态环境产生重大影响，而且不断增加了下游洪灾的隐患。

黄河水土流失，泥沙淤积，生态遭受严重破坏。1995 年 6

月下旬，断流四十多天的黄河济南段盼来了一次过流的机会，然而缓缓流来的并不是人们盼望已久的河水，而是一股黑乎乎的污水，河面上浮着大量白沫和被毒死的鱼类，散发出一股刺鼻的臭味……由此可以看出人们对黄河的破坏有多么的大。早期的畜牧业也在黄河附近进行着，后来慢慢加入了现代化元素，很多商人也都来黄河沿岸搞集中养殖。在推动经济发展的时候没有想到过可持续发展，现代化的机器肆意毁坏着我们的母亲河，破坏着这么多年以来我们赖以生存的环境。这种不计后果的发展最后受害的还是我们。目光短浅的我们终究会害了自己。

黄河啊！你一定要坚持住，千万不能被击败。你有时像个活泼的小孩无忧无虑地穿梭在壶口瀑布岸边。当黄河雄浑博大的身躯突然收缩，你又似那地下奔突而出的岩浆，发出无尽的轰鸣声。黄河在历经九曲回肠的磨难后，带着生命的重负，并在跳荡中完成与“病魔”的格斗。

俗话说“岁月不饶人”。时间在不经意之间一天天过去，我们也一天天长大，我们的母亲河——黄河也渐渐老去，但我们绝对不能让她倒下。她养育了我们一代又一代中华儿女，不断激发着广大中华儿女的民族自豪感与自信心，并以英勇的气概和坚强的决心保卫着祖国。

黄河的水仍旧浑浑的，希望下次沉睡了一个冬天的绿草可以苏醒，从那土黄的地下钻出来，可以露出它那绿油油的头发，花朵也可以绽开它那笑脸，可以有红的、黄的、粉的各色鲜花在那红土地上争奇斗艳，让黄河沿岸的父老乡亲们可以继续感受着黄河带来的淳朴的乡情，而不再是看着那些冲着利益的商人在不断摧残着土地。

总的来说，我心目中的黄河是美丽的、无私的、神奇的……我希望黄河文化能够代表中国走出世界，让全世界的人都认识她并了解她，让她成为我们祖国的伟大象征。我希望更多人学习黄河的伟大品质，并发扬光大；我更希望人类能改善黄河一带的生态环境，让黄河能够恢复到原来波涛滚滚的模样，继续为中华民族贡献出她本来应该具有的能力。

行动起来吧，拯救我们的母亲河！如果你是黄河的子孙，那么，请你投入到拯救黄河的行动中去吧，从自身做起，从我们生活中的点点滴滴做起，让我们的黄河不再孤单，让黄河也能感受到祖国的温暖！让我们为黄河的建设贡献出我们自己的一份微薄力量！

（物理与电子工程系 2001）

这令人敬仰的土地

石亚东

“悠悠天宇旷，切切故乡情。”短短数字表达了古今多少人的乡土情怀。有这样一句歌词：“走遍天下路最美的还是故乡，喝遍天下水最甜的还是故乡。”是这片故土养育了我，从呱呱坠地、牙牙学语到如今的英姿勃发，这一切的一切都是您——黄河，赋予我的。不管在何方、不管在何处我始终与您紧紧相连。

您在数千年前就孕育了伟大的中华文明，自此这片土地上不再是寂寥冷清，开始了走向文明的伟大进步。黄河浩荡，峰回路转，滚滚波涛，一泻千里。正是在您的哺育下，中华文明经久不衰，千古流传。黄河，您代表了中华民族最为纯真本质的东西，代表着国家的精神、民族的品格。我们称您是我们的母亲，这是我们内心最真挚的想法，是我们献上的最诚挚的祝福。

一段段传说在这里演绎，多少的英魂喋血、多少的丹心不移，这里是英雄的土地，这是令人敬仰的土地。千年的历史画卷中演绎了多少故事，铸就了多少辉煌。无法用言语来形容，那就用行动来演绎。大禹、水伯等都是这片土地上所孕育出来的。古今多少仁人志士写下了不朽的壮词，王之涣的“黄河远上白云间，一片孤城万仞山”，李白的“君不见黄河之水天上来，奔流到海不复还”……。由此可见，黄河是多么的雄浑壮阔，情至深意至切。一代天骄成吉思汗黄河九渡，就在这里发生，为平定天下奠定了基础。岳飞抗金的民族不屈之情在这里演绎，大禹治水的奉献精神在这里展现，八百冷娃跳黄河的抗争激奋人心。这里是文化的激荡之所，无数的文化在这里起源，又播洒在神州大地之上令人迷醉。

黄河精神就是“团结、务实、开拓、拼搏、奉献”，这十字凝结了黄河精神丰富而深刻的思想内涵。“团结”是胜利的基本保证，团结就是力量，团结出凝聚力、战斗力、生产力，这样就能招之即来，来之能战，战之能胜。“务实”就是重实际，说实话，办实事，求实效，要不唯书、不唯上、但唯实。“开拓”就是要坚持解放思想，实事求是，进一步增强改革开放意识和创新精神，锐意进取，必须有饱满的工作热情、科学的工作方法和扎实的工作态度。“拼搏”是一种精神状态，干事业就要有一股拼劲，有一个良好的精神状态。“奉献”是一种真诚自愿的付出行为，奉献精神是一种高尚的人生观和价值观。短短十字体现了中华民族传统美德与时代精神的统一。新时代的我们自然应该弘扬和培育黄河精神，身体力行、发扬艰苦奋斗的优良作风，坚持为民所用、为民所系、为民所谋。我们必须坚持党和人民的利益高于一切，个人利益服从党和人民的利益，吃苦在前，享受在后。黄河精神是我们发展先进文化的重要内容之一，它对于大力加强精神文明建设，不断丰富人民的精神生活，增强人们的精神力量，具有重要的现实意义。我们一定要坚持弘扬和培育“团结、务实、开拓、拼搏、奉献”的黄河精神。

黄河文化自此传承：“九曲黄河万里沙，浪淘风簸自天涯。”黄河，中国的第二长河，世界第六长河流。黄河中下游是中华民族最主要的发祥地，而且是中国历史上的经济与文化中心之一，黄河对中国的历史和文化具有非常重要的意义。传承弘扬黄河文化，就是保护中华文明的“根”。早在六千多年前，黄河流域内已开始出现农事活动。在四千多年前，黄帝取得盟主地位，并融合其他部族，形成“中华族”。故此后人把黄帝奉为中华民族的祖先，把黄河流域认作中华民族的摇篮，称黄河为“母亲河”，为“四渎之宗”，视黄土地为自己“根”、为中华民族的“魂”。在唐宋以前，黄河流域一直是中国政治、经济和文化中心，黄河流域以其先进的农业经济为基础，用自身先进的深厚内涵和强大的传统习俗力量，对各个少数民族产生巨大的感召力和同化力。在生计文化层面，象征着古代先进物质文明的农业生产技术、天文历法、数理算术、传统医药、灌溉工程、四大发明等均产生于此，并向全国、全球扩散，对后世影响深远；在意识形态层面，中国历史上的炎黄始祖传说、诸子百家思想、旷世史学、文学巨作、宗教信仰、伦理观念等均诞生于此并影响至今，成为中华文明的精髓，深刻影响着中华民族的民族心理与性格。黄河文化因此而成为中华文明发展演变的主轴，也成为中华民族"魂"之所附。黄河文化是中华文明几千年积淀的成果，是中华文化的精髓和制高点。中原儿女对黄河的敬畏之心、感恩之情格外强烈，对黄河文化力量的体会格外深切。从黄河文化的形成脉络中，我们能找到文化自信的源泉。

黄河这片土地是英雄的孕育之所。牧野之战、官渡之战、长平之战等历史上的重大战争都在此展开，也出现了无数让历史留下浓墨重彩、让后世谨记的名人。在中国近现代史上黄河这片土地也让人铭记于心，因为这是孕育英雄的地方：在六六战役中八百多名士兵为了民族尊严毅然跳下黄河，他们用生命谱写了中华民族的诗歌；著名的平型关大战沉重打击了日本的嚣张气焰，打破了日军不可战胜的神话，极大鼓舞了中华民族的信心。中华人民共和国成立以来，特别是党的十八大以来，黄河的治理、开发、保护取得了历史性的伟大成就。今天，黄河流域生态保护和高质量发展，已经成为重大国家战略，是体现国家治理、制度治理、法治治理、科学治理、生态治理、文化治理的综合性社会工程，举世罕见。

黄河滚滚，惊涛澎湃掀起万丈狂澜，浊流宛转结成九曲连环。你从昆仑山下奔向黄海之边，你把中原大地劈成南北两面，你是一个坚强而又伟大的巨人，你用你那英雄的体魄，筑成我们民族的屏障。我终于理解为何要把黄河称为中华民族的母亲河了。

（经济管理系 1905）

中国龙——黄河

张灵利

黄河是一条古老的河，犹如一条巨龙，贯穿在中国大地。奔涌吧，黄河！怒吼吧，中国龙！中华大地上将重写一部崭新的黄河史，黄河儿女将唱响高昂的中华歌！黄河是中华民族的起源，想要了解博大精深的中华文化，就需要我们走近黄河。我心中的黄河永远是最伟大的黄河！下面就让我来向大家介绍一下我们的母亲河吧！

先来说说黄河的起源。在很多年以前，黄河的水并不黄，它的名字也不叫黄河，叫作大河。《诗经》中许多篇章都提到过，那时的黄河水还比较清亮。黄河上游及晋陕一带森林植被还比较多，水草丰茂，清澈秀丽。《诗·魏风·伐檀》中描写："坎坎伐檀兮，置之河之干兮。河水清且涟猗。"黄河之滨，伐木声声，清清河水，泛着涟漪。可见在《诗经》的描述中，黄河的水质相当澄澈。而到了战国时期，河水已经开始浑浊了，以致人们认为等到黄河变清，几乎是不可能的事情。不过这个时候，河水只是不再清澈，还达不到被称为黄河的严重程度。到了西汉，由于河水中的泥沙含量增多，有人称她为“浊河”或“黄河”。至于黄河会变浑有很多原因。人们长期以来对于森林的破坏，使得很多的草原与林地变为荒漠，结果很厚很厚的黄土全都裸露了出来，再加上黄土是十分疏松的，经过雨水以及河水的长期冲刷以后，泥沙被流水携带着流进了黄河，结果把黄河的水给染黄了。可以说，这是远古时期狩猎文明到农耕文明的发展所付出的代价。

我们都听说过“九曲黄河”，那么它又是如何形成的呢？不知你是否听说过黄河在历史上的六次改道。黄河改道是指黄河决口后放弃原来河床而另循新道。黄河改道十分频繁，因黄河多沙善淤，变迁无常，中游的宁夏银川平原、内蒙古河套平原一带的黄河河道都曾多次变迁，但影响重大的是黄河下游河床改道。黄河变迁特点可归纳为以下三点：第一，决口地点西移。第二，河道干流逐渐南摆。第三，下游河道除干流外，同时分出几股岔流，迭为主次，变迁无定。所以说，对于黄河上中下游的治理与保护都是十分必要的。

在当下这个快速发展的社会，人们越来越注重精神生活的享受，于是促生了一大批旅游文化。而在黄土高原区也涌现出不少的旅游资源：如壶口瀑布、乾坤湾、永靖黄河三峡以及著名的九曲黄河第一湾等等。在这里我想向大家隆重介绍一下九曲黄河第一湾。自巍峨的巴颜喀拉山发源之后，黄河自甘肃一侧前来，犹如银色缎带，拂过四川，流向青海，成了美丽的“九曲黄河第一湾”。碧草青青的黄河岸，波光粼粼的黄河湾，岛屿众多，鸟儿翔集，唐克索克藏寺和藏族村寨在此陪伴。它位居国家高寒湿地保护区，是全国“三大名马”河曲马的故乡，更被中外科学家誉为“宇宙中的庄严幻影”。落霞孤鹜，秋水长天，都不足在此的片刻光景。在素有“九曲黄河第一湾”之称的若尔盖县唐克镇，当地群众和外来游客可以一览四川省级非物质文化遗产“垛”和“金冠舞”的风采。两项“非遗”均以消除灾祸、祈祷幸福为主旨，具有浓郁的宗教特色。不同的是，金冠舞是安多藏区非物质文化遗产中唯一独有的舞蹈形式，由四十名僧众表演，分为上属部和下属部两大部分；“垛”则是一种宗教仪轨，于每年藏历二月九日至十四日期间举行。在“垛”的仪轨中，最具魅力的当属“玛果”（即“军舞”或“铠甲舞”），由僧人和“俗人”共同参与，僧人表演法舞，代表宗教一面；“俗人”表演铠甲舞，代表世俗一面。“垛”从坛城制作、垛玛制作以及舞蹈表演等方面，都极具观赏性和艺术性，其表演场地、服饰器具和宗教仪轨等具有独特的艺术价值。描述了这么多，不知你是否有种迫不及待的冲动，希望大家能多多关注一下这些著名的景点哦！

我想问问大家，在享受这些美景的同时你是否做过伤害它的事情。我不希望游客走后剩下的只有垃圾，我们都应在享受权利的同时履行义务。黄河治理迫在眉睫，现在不行动更待何时？黄河是我国西北、华北地区最重要的水源。黄河流域水资源短缺问题突出，水量的短缺也决定了流域大部分河流水环境低承载力的基本特性。这个工作十分艰巨，这是黄河流域的基本特性决定的。黄河流域人口压力大、水资源和水环境承载能力低，黄河流域人类生存、社会发展和生态保护间的矛盾将长期存在，并会在相当长的时间内对水资源和水环境的保护构成影响。为此，我们应该对黄河生态和水环境保护的艰巨性有清醒的认识。在科学制定水功能区长远保护工作任务时，应针对工作重点把黄河省界和饮用水的保护列为近期工作重点。下面是我的几点建议：首先制定健全我国黄河水的法规与标准体系；其次政府部门要有作为，切实加强水污染治理和环保监督；最后就是作为每一名中国公民应树立环保意识，为保护黄河文化奉献自己的绵薄之力。

是啊，因为黄河，我们有了领先世界的文明；因为黄河，我们有了坚强不屈的精神；因为黄河，我们有了美丽丰饶的中华家园……我这个从未见过黄河的孩子也要对心中的它说一声：我爱你，黄河！

（文化旅游系 2005）

中华魂，黄河根

宋相君

大河之水天上来。正是这天上之物，孕育了一个又一个的生命，开启了一个伟大民族的历史，培育了传承五千余年而历久弥新的中华文化。这便是我们的母亲河——黄河。

古中国文明为最早的五大文明之一，黄河以其当时温润的气候、广阔的平原，具有了得天独厚的地缘优势。由此黄河孕育了最早的中华文明。远在新石器时期，蓝田文化、半坡文化与龙山文化便出现在了黄河流域各地。古老的文明从打磨石器、钻木取火中应运而生。这一时期生产工具与生产技术十分落后，人类基本没有什么利用大自然以及与大自然做斗争的能力与方法。此时的人类只能抱团取暖。经过几代的繁衍生息，部落是应运而生。部落是最早的利益共同体，自然会为了自身的利益去争夺好的地理位置。经过不断的争夺、占领，第一个统一各部落的首领部落便出现了。这位部落首脑便是我们耳熟能详的黄帝。正是由于黄帝对于中华的精神文明、政治文明、物质文明规划了大体的框架，使中华文明得以演进一大步，为国家的形成奠定了扎实的基础。禹便抓住了治水的机遇，并且付出了三过家门而不入的努力，建立了第一个奴隶制国家。之后历朝历代的皇帝都十分重视黄河流域富饶肥沃的土地，八百里秦川为秦师扫六合、并八荒的重要战略根据地，被黄河滋养的三晋大地更是兵家必争之地，“十三朝古都”西安在当今仍熠熠生辉。

黄河不只有重要的战略意义、军事价值、地缘优势，更有蕴藏在这些背后的文化价值。上游有河套文化，流经今宁夏与内蒙古地区，其命名与地缘位置有很大关系，“大河三面环之、河以套名，故称河套也”。纵观河套文明孕育与发展的过程，河套文化的发展历史是中华文明发展历史上的一个重要组成部分，河套文明的进程与中华文明共生共荣。中游应一分为二，其一便是中原文化。中原文化对中国的整体性的传统文化有巨大的贡献，中原所代表的便是农业文明。而农业文明就要保证好农民阶层的一亩三分地有较为稳定的收成，即生产的相对稳定性，而稳定性与自然又有密不可分的关系，也只有生产稳定，才能确保人民幸福安康。自然而然，“天人合一”的观念便应运而生。此观念不仅有思想的实践意义，同时又不抱残守缺，做到了很好的兼顾性。而黄河上游的河套文化主要以游牧文明为主，两种不同环境之下产生的文明自然会产生冲突与碰撞。中原文化以其特有的包容性将原有冲突的两种文明逐渐融合。这极大促进了中华多民族的统一。其二便是三晋文化，它有自己特有的两个特点、首先便是开放，“春秋五霸”之一的晋文公曾长期被迫流浪在外，这也为其接触更广泛的中华与夷狄文化提供了一个契机。在其即位之后，加以融会贯通，以此形成了三晋文化的基础。因此三晋文化具有较强的开放性。晋商成为第一大商帮也是得益于开放性所带来的创新性。其次是务实，晋文公即位之后，求贤若渴，大力延揽国内外人才，我们熟知的便是“楚才晋用”，这充分体现了务实性。下游是齐鲁文化，齐鲁文化中最负盛名的便是儒家文化。春秋时期，孔子这位天纵之圣诞生于齐鲁大地，这位圣人的思想以及其创立的儒家学派中包含了做人的准则与为人处事的道理，儒家所倡导的孝道至今仍是衡量人性的基本准则，而作为儒家核心思想的“仁”的实质便为爱人、推己及人，对于身边每一个人都心存善念，爱人要如同爱自己一般。这两种理念非常符合中国的传统美德，在当今社会仍很适用。儒家文化影响了中国上下五千多年，其思想深深烙印在后世每一个中国人的血脉之中。

黄河文化也在一脉相承之中不断完善，在革命战争时期，黄河文化沿袭之前的精神，并以其包容性创造性地融入马克思主义，为中国革命指明了前行的道路。在新民主主义革命时期，黄河流域出现了许多抗日革命根据地，同时也滋养出伟大的延安精神、西柏坡精神等，成为中华民族全民族共同抵御民族危机的重要精神纽带及力量源泉。中华人民共和国成立之后，中国共产党带领各族人民，秉承“艰苦奋斗、团结治河、无私奉献、求实开拓”

的治理精神，兴建了小浪底、龙羊峡等大型水利工程。实施三江源、祁连山等等重大生态保护工程，黄河整体生态环境呈向好趋势。对于黄河的建设保护，从中华人民共和国成立至今仍在继续，党的十八大以来，黄河流域的生态保护和高质量发展受到高度重视。秉承习总书记绿水青山就是金山银山的理念，黄河的整体生态环境得到了明显的好转。在这背后，黄河精神起着至关重要的作用。人没有理想信念精神就会缺钙，整黄治黄亦是如此，正是靠着团结、务实、开拓、拼搏、奉献的黄河的精神，黄河整治的效果才会如此之好。这种精神，需要我们一脉相承，需要我们不断弘扬和培育黄河精神。首先，要发挥党员的先锋模范作用，做事要身体力行，率先垂范，发扬艰苦奋斗的优良作风，坚持与人民群众的利益紧紧地联系在一起，克己奉公，执政为民。其次，这种精神中最重要的便是尊重自然的客观规律，顺其道而用之，做到天与人的和谐统一，方能长久，黄河方能生生不息。最后，要将黄河精神变为全国人民的自觉行动，这便要求每一个中国人都贡献出自己的一份力，对自己所在岗位的乐业、敬业、勤业，充分地在实践中体现黄河精神。总之，弘扬和培育黄河精神有利于社会主义精神文明建设，对丰富人们的精神生活，增强人们的精神力量有着十分重要的意义。更有利于永葆黄河活力，筑牢中华文化根基，促进全面建成小康社会。

黄河精神、黄河文化势必会延绵不绝。其精神内涵定会扎根在每个中国人的内心深处，使其内化于心、外化于行。

（外语系 2006）

小说篇

老把式，过河喽

户佳敏

风卷落了残阳，太阳准时落在那个高大的沟壑后面，留下一片火红的光。像是应着召唤，大河的浪也愈发急了，一阵一阵地拍打在岸边的大石头上，溅出一摊水……

“老把式，回来，雨来了，马上涨水了！”岸边的人把筏子绑好，朝着大河中间喊道。

“晓得了。”远处河中央传来一阵回应声，那个黑点在那里越发清晰。一个蜷着腰的老头，身后好像还坐着几个人。老头撑着一个旧竹竿，奋力地朝岸边划过来。他的身影在汹涌的大河里，倒显得有些单薄。

大河越发急躁，像是要把筏子上的人卷进去似的。水流拍在羊皮筏子上，发出阵阵声响，震得人耳朵生疼。

船上好像有人害怕了。一个文静书生，穿着中规中矩的蓝色工装，戴着一副黑框眼镜，腿一直在颤，脸色也有些发白："船家，这个……船……不会有事吧？"

老头瞪了他一眼，正准备呵斥，一个浪拍过来，他只得忙着转头过去拐方向，没搭理那个书生。旁边的一个青年，拍了拍书生的肩，示意他安心。

"没得问题，老把式过了十多年的河了，没出过啥事，你是外地过来的吧！"

"嗯，我是浙江过来的。"

"怪不得。以后啊，不敢把老把式叫船家，他会发火的。我们这儿啊，不兴这个。"青年脱了自己的草鞋，把脚放进河里泡着，任凭冷水拍着自己的脚心，那个透心凉。

"六子，你个兔娃子，不要命啊，河下有黑鬼，咬你的脚心。"老头朝青年喊道，额间的眉头早已皱起，对他刚刚的不敬行为表示非常愤怒。

老人们对这片黄河有着深深的敬畏，每次开筏，都要先敬河神，祈佑平安。这是从祖宗那里一代代传下来的规矩。

没过多久，老头安全地停在了浅滩。岸上的人齐力把筏子拖上来，绑在白杨树旁。这才能看到那个筏子的全貌：下面绑了九十个黄得泛黑的球，看起来脏得不行，上面简单铺了一层木板，用绳子扎了起来。

书生下来后，腿还是软的，看到羊皮筏子后，不由得吃惊，还有害怕在眼里。他问道："我们就是坐这个过来的，这也太危险了吧！就用这些个球漂着，也没有护栏。”

老头把竹竿用汗巾擦干，抬头瞟了一眼书生，漫不经心地答道：“就这个，你不也过来了吗？这叫羊皮筏子，不是你说的那啥玩意，老汉我划了十多年了，也没见出过问题。”

“行了行了，老韩，你忙活一天了，早点回去歇着吧。那个……您就是上头派来的领导吧，俺叫杨英白，是沙坡头村的村支书。”村支书马上奔着五十的人了，站了一下午，就等着这位“贵客”到来。

“你好，我叫苏文轩，是受中央调派来的，专门负责本地的环境调研工作以及教育普及。”边上一群人围着苏文轩，有客套的，有好奇的，聊得甚是火热。热闹簇拥着他们的喜悦。

老头坐在筏子旁，摸出自己腰间的老烟枪，点了火，任由那一缕烟飘向云天，一句话也没说。

三月的初春惊晓了万物，一场春雨过后，野草也在染指着世俗。

老韩一大早便坐在了坝上，熟练地点了一根烟，面前的黄河经历一夜的躁动已经平静下来，只是偶尔拍打一下岸边，显示着自己的小脾气。

“韩叔、韩叔，你一会过河把我带上呗，我想和你学。”六子不知道从哪里冒了出来，跟着老头坐在坝上。

老头吸了一口烟，吐出一个白圈，“你学？你爹能同意？你去考个学，他巴不得你去当个官呢！”

六子挠了挠自己的头，有点蔫了。他转头问道：“韩叔，我不想当官，我就想当个好把式，守着这儿。”

“我不能扰了你往前的路。回吧，我昨个还听村头的人说，现在能高考，回去多读两个大字，考个大学全村都沾光。”老头把筏子放进河里漂着，等着即将要过河的人。

六子还想说什么，但是被远处来的王婶给打断了。

“老把式哎，晌午的时候我闺女要过河嫁人，去上大湾，你可别误事，这是些碎红绸子，我给你那筏子装一下，一会儿过河好看。”王婶挽着一个篮子，里面全都是红色的绸子，看着鲜艳得很。

“晓得了。你弄吧，捆紧点，别让大河吃喽。”老头帮着王婶把筏子往回拉了些，方便她拾弄。

“呸呸呸，今儿我姑娘出嫁，大河高兴着呢，你说的是什么话！”王婶跺了跺脚，把船边的绸子装好，看着漂亮极了。

六子这个年龄对什么都充满好奇。他帮着王婶一起，把红色的花绑在挥杆上，给老头的竹竿上也绑了一个。

“老把式，你一会儿给腰上也系一个，图个精神。”王婶把最后的绸子递给老把式，兴兴地挽着篮子回去了。

六子本来还想着跟老韩一起过趟河，被他爹给叫了回去。老韩看着父子俩远去的背影，摇了摇头。结果他刚从河那边过来，就看到六子坐在坝上，两条腿晃晃悠悠地，嘴里还叼了根不知道从哪儿拔的野草。

“韩叔，你就教我呗！我爹非让我跟着那个姓苏的。我不想学那个，没劲。”

老头没搭理他，把绳子系在旁边，把筏子定住，从边上扯了一道红绸子，包了个窝窝头，朝他扔过去："系上，一会儿人姑娘出嫁，图个精神。"

六子猛地一跳，接住了红绸子。就这窝窝头，干巴得难以下咽，可那爷俩却啃得老香了。

"六娃子，划筏归划筏，高考还是要考的。"老头看向远处的山坡，眼里泛起了泪光，也不知怎么了，兴许是河边风沙大，迷了眼睛。

"我晓得，可是学这些以后干啥子用呢？"六子不解道。

老头叹了口气，说道："泱泱中华，乃九州大国，学知识，一为复兴，二为屹立，三为传承。你可懂？"老头转头看了一眼六子，又低下了头，"算了，你以后会晓得的。"

那时候六子看着老头，说不上来什么话，他实在想象不到，那句话会从一个划筏子的人嘴里说出来。他有些震惊，甚至说不可思议也不为过。

还没等他反应过来，一阵鞭炮声从远处传来，老头拍了拍手里的灰，把红绸子系在腰上："来喽，干活了。"

太阳挂在河道中央，映得人脸蛋通红。新娘子穿着红色的嫁衣，一步步地朝筏子走过来。村里的人没钱坐花轿，但凡过河，就管筏子叫花轿。沿途撒着一些花瓣，都是刚刚早上跑田间摘的，还鲜艳着呢，带着丝丝清香。

"大河啊，今个姑娘嫁人，给您孝敬点酒水和香火。"说完老王把一坛老酒砸向了河中的礁石，坛子打碎，发出清脆的声音，像是表示了大河的肯定。

王叔转过头，给老头手里塞了一把烟："老把式，我把姑娘就交给你了，你可得给我平平安安送过去。"

"宽心吧，王哥，一定平安。"

挽青丝，双环结，黄花鬓角两相宜；红嫁衣，衬河烟，红颜新装比花艳；鞭炮响，敬喜酒，大红喜字船前挂……

那天送完新娘，老头也来了兴致，日暮时分，从家里提了两瓶高粱酒，坐在河坝上，看向远方染红天边的落日。三月天很少会出现这样的红日，一切来得都不是那么寻常，兴许是在暗示什么……

"你喝这么多的酒还怎么过河，你就是这样负责人民安全的吗？"苏文轩不知道什么时候站在了老头的身后，带些斥责地问道。

老头没搭理他，拿起杯盖，又抿了一口，叹了口气："今下午没人过河了，太阳都落了。"

"你怎么知道没人过河了，那如果我说，现在我要过河呢？"苏文轩对他这种无所谓的态度十分恼火，语气也冲了一些。

"老张的筏子马上过来了，你坐他的吧！"

这些话虽然轻飘飘的，却堵得苏文轩说不出来话。

"就是因为你们这种无所谓的态度，有这些糟粕的东西，国家才迟迟发展不起来。你可知道，前几天邓小平同志去了日本，第一次坐上新干线高铁，感受了高铁的速度，而中国却还在用羊皮筏子这些落后的东西。这让中国如何强大？"苏文轩说道这些，愤愤不平。

曾经，中国可是世界第一大国，黄河作为中国的母亲河，孕育的黄河文明也曾震惊世界。那时的我们可以自豪地说出："泱泱大国，巍巍中华，屹立世界，傲视群雄。"

老头把酒盖上，不紧不慢地说："张伯端的《西江月》中写着：'渡河筏子上天梯，到彼悉皆遗弃。未悟须凭言说，悟来言说皆非'。什么时候，中国传承千年的羊皮筏子成了你口中的糟粕？那你可知道，你口中的糟粕是这条大河上最重要的连接。"

老头的话很轻，但却震住了苏文轩，兴许是以为他没想通其中的道理，兴许是他没想到一个老头会说出这样的慷慨大论。原因可能有很多，很复杂，但这场闹剧，终究以苏文轩的潦草背影结束。

那天晚上，苏文轩去找了村支书杨英白，两人坐在炕上，点了一个煤油灯。昏暗的灯光里，苏文轩还是问了那个困扰他一天的问题。

"那个老头，老是一个人划船的那个，究竟是什么人？"

老杨吸了一口烟，缓缓地吐出来，白烟弥散了灯光。他听到这个问题愣了一下，似乎在回忆。

"那是十几年前的事了。老韩不是沙坡头的人，他是被老赵——就是之前划筏子的把式，给捡回来的，说是以前也是京……京什么大学堂的教书先生，因为'文革'逃过来的。刚来的时候跟你特像，文绉绉的，一点也不像黄河边上的人。不知道后来怎么了，他就跟着老赵学起来划筏子。老赵十年前走了，之后就他划着了，也算个老把式了。”

苏文轩愣住了，他问道：“是……京师大学堂吗？燕京大学！”

“对对对，就叫这名，俺是粗人，不晓得这是个什么地方，但他是逃过来的，估计也不是什么好地方。”

瞬间，不知道该说什么，苏文轩内心却有了一丝斗劲。燕京大学又如何？还不是要守着一堆没用的东西，等我向上级申请一艘轮船过来，让你明白什么叫作科技。

这些话，被门口的六子听得清清楚楚。燕京大学，那可是全国最好的学府，可韩叔那么厉害为什么要去划筏子呢？

黎明，第一道光照进来的时候，黄河是壮美的，风趣的，豪放的，河滩里生长着望不到边的河柳和没过头的野草，两岸塬上的人也开始播种了。种子落在土地里，似乎是盼着年秋的丰收。而这条大河，养活了这些人、这些粮食，却不求馈赠。

日子过得很快，玉米地从一片黄土到现在玉米秆比人高出一大截。老头坐在坝上，日复一日，六子长得也很快，现在比老韩还高出一个头，也学会了怎么撑竿。万物都在变化，都在成长。

乌云渐渐压了过来，天空一片暗沉。才刚过五点，天色暗得不像话，倒有些入夜的趋势。

“老张，收筏子，马上下暴雨了。”老头站在礁石上面，朝岸边喊道。

“好嘞。”

“今天早点歇着，明天肯定要涨水。今年这个天，变得可真快。一会儿哥几个到我家喝两杯。”

“中，听说六子去高考了。了不得，咱村说不定也出个大学生。”

“六子能行，肯定能考上。”老头看向远方的大河，绵绵无尽，倒应了那句“大河之水天上来，奔流到海不复回”。

没过一会儿，暴雨说来就来。随着狂风刮过，雨帘从后山漫过来，电闪雷鸣，像天河决了口子。屋檐上的雨水拼命地往下流，溅起一片水花……

“出事了，死人啦！”一大早天还是雾蒙蒙的，就有人在河边喊。

“出啥子事了？”

“河边有个死人，应该是昨晚被大河卷过来的。”

突如其来的消息惊响了这片村子。等到人拉到岸上的时候，早都凉透了。

老头到河边的时候，只见王哥王婶一家抱着一圈白布。空气中只有撕心裂肺的哭喊和低低的闲言碎语。

“可惜了，那姑娘头三月出嫁，还怀着娃呢，咋说没就没？”

“谁知道，昨个大雨，估计是坐谁的筏子碰上了吧！”

老头慢慢走过去，杨英白拄着拐杖站在一旁，眼眶也早已湿润：“挨千刀的啊，咋就出了这事啊！”

“支书，出啥子事了？”

“昨个王家姑娘下午过河，让大河给淹了。一早上有人上坡挖菜，看到河边趴了个人，一打探才知道，造孽啊！”

老头愣在原地，不应该啊，昨天那个天气，照理说没筏子过河啊。

苏文轩也赶了过来，听到事情之后，不论三七二十一朝老头骂了过去："我就说过筏子不安全，这下出事了，怎么办？这是要进牢里吃牢饭的。"

"不是我划的筏子，昨晚上就没人划筏子，昨晚我们几个划筏子的看这天过不了河，在我家喝了点酒，现在还在我屋躺着呢。"

这句话一出来，似乎整个世界都安静了下来，只留下一群人的呼吸声，寂静得可怕。命在人的眼中，比什么都大。

最后也不知道究竟是谁划的筏子，王家姑娘出了什么事也没人知道，也没人去纠结。老头在坝上坐了一天，也没人过河。远处的黄河带着野性的美，美得让人不敢靠近。

隔天一大早，村子边上传来一声鸣笛，苏文轩一大早就在河边等着了。周边一圈子人，脸上乐洋洋地看着这个新鲜的庞然大物。

苏文轩站在人群中央，一脸骄傲地看着村民，示意大家安静，准确来说，是看着白杨树后的老头。"大家安静一下，这个啊，叫汽船，是我之前向上级申请的，用于过河运货，安全性高，大家出行以后就可以坐汽船了。"

王哥不知道从哪里冒出来，举着一个火把，朝周围人吼着"让开让开"，就把火把扔向筏子。筏子是木制的，没过两下，就烧了起来，猩红的火花在人们面前跳动，印着疯狂，还有嘲笑。

"破筏子，害死我闺女！老东西就该烧。"

老头一个人冲过去灭火，用黄河水泼向筏子，一次又一次，来来回回，但这样的行为在人们眼中，却显得尤为愚蠢。

苏文轩把老头拉住，说："别救了，旧的不去，新的不来。这破筏子，救回来了也没用。"

那个烧完的筏子，在那个庞然大物的汽船面前，显得破败不堪，老头站在一旁，摸着手里的旧竹竿，也不说话，他腿上的烧伤看着触目惊心，但他却仿佛感受不到疼似的。那群围着汽船的人，都想去摸一摸船上的铁皮，见一见新鲜事物。他们把这个视作福气，视作祥瑞。

那些西洋人玩旧的东西，你却视如珍宝，而大河传承了千年的东西，成了他们眼中的糟粕，究竟是时代发展至此，还是你们的愚昧不堪?

汽船运行没多久，筏子就再也没有人坐了。那些靠着筏子谋生计的人，也下了田里种地。没人还记得有筏子这个东西，也没人记得，村头还住着一个老把式。

老头那天回家后，从柜子里翻出一套完好的钢笔、墨水，拿油纸包着。他在屋子里写了一天，也不知道他写了什么，但在他的眼里，只剩了失望和破灭的光。

第二天，他把这些写好的东西拿油纸包好，送去了支书家，叮嘱他等六子回来一定要交到他手里。他又在村里的邮局里寄了一封信，也不知道是寄给谁的，只知道收件地是燕京大学。

干完这些事之后，他去了坝上，把最后一份东西埋在了河边白杨树下，绕着河边，走了一圈又一圈。直到看不见光，他才慢吞吞回到自己的屋子。

没过几天，老头死了，死得很安静。

三十多年后，黄河生态逐渐好转，旅游业逐渐发展起来。那天沙坡头旅游景区开业，一队陌生的队伍划着羊皮筏子朝典礼现场慢慢驶过去，领头的是省长，也是六子。

他朝着大河喊道："老把式，过河喽！"

（文化旅游系 2005）

一代人

乔炜辰

河长日复渐留痕，人亦经年满面尘。

雪中雁归碑下叟，堂前灯映冢边人。

黄河九曲千年续，金日孤悬百世轮。

待见山青江水绿，落英红柳再逢春。

——引子

一

夏日的阳光晒得很好，照在打谷场上，金黄的麦秆闪闪发光。黄河的支流从这里经过，在黄土地上像一把镰刀。张老汉驼着背坐在门口的大石头上抽旱烟，在太阳下满足地眯着眼睛。他的手上满是黑茧和皱纹，黝黑松弛的皮肤上一道道血红的划痕，那是收玉米时划伤的。他拿起印花搪瓷杯喝了口茶，指甲里泥垢的形状像座残存的古桥。顺着土路，看见村里一群人扛着锄头，担着木桶，往村头走去。身后的黄牛缓缓地拉着一平车的树苗在崎岖不平的路上走着。“他们又去山上种树了。”老汉心想，用手挠着褪色鸭舌帽下歪倒的银发。帽檐前边的砖墙上刷着一行大字——脱贫致富奔小康。

“小张你使劲啊！”“小张去把水渠的闸门打开！”“小张别傻站着啊，搭把手！”……村里的年轻人在村委会的号召下，都去荒山上种树。张军今年暑假回村里探亲，赶上了“种树潮”。愣头愣脑的张军还没有适应农活，没过多久，手心里就磨出浅浅的茧子，鞋里进满了黄土疙瘩。刺眼的灼日下，张军的脸烧得火红，汗流浃背，眼镜的鼻托被汗水浸出来了铜锈。他的脚底板磨破了几层皮，手背和胳膊上全是小伤口。张军用葫芦瓢舀满凉水，一口气喝饱，然后拿着大铝盆，坐在小板凳上低头搓洗浸满咸汗的衣服。这年暑假他是在烈日下劳作中度过的，日复一日。张军开学了，他收拾好行李和张老汉作别后，往村口的大巴车站走去。路上他又碰到了那群年轻力壮晒了一身古铜色皮肤的弟兄们。“等你回来啊，小张！咱再种树！”领头的男人用手把白毛巾搭在肩上，身后的人露出黄牙憨憨地笑。张军点点头道：“一定！”然后扭头赶路。路上一直想着张大爷之前在地里的叮嘱。

二

日子过得很快，冬天的村子格外的静谧，家家户户都紧闭门窗，屋头冒起一条条黑烟。黄宪村有这样一种习俗：人死后会在他的坟上放一张红纸，以此来召唤死者的灵魂。

小米跪在柔软的沙发上，趴在窗前呆呆地瞪着眼睛看头顶灰暗的天空。这几天降温严重，寒风把窗户纸吹破了好几次，棉衣已经抵御不了刺骨的寒冷。天黑以后最好不要出门，这是姥爷告诉小米的。虽然听不懂姥爷说这话是什么意思，但她乖乖照做。只要过了下午五点，她便老老实实地待在家里，哪儿也不去，连上厕所都是用尿盆。姥爷在炉子边用竹条和糨糊做纸灯笼。天还没黑，窗外的冬风呼啸，把院子里的树枝都吹断了。姥爷用灯绳把灯笼和木棍缠在一起后放到一边，如释重负地叹了口气。接着，姥爷又拿起一张白纸折叠灯笼的形状，那枯槁的双手上皮肤松弛且泛黄，手指上不仅有厚厚的茧还有黑色的皱纹，那是伤口皲裂后还未愈合就又裂开而形成的。姥爷一边低着头忙着手里的活一边喃喃自语，好像是说给自己听的，也好像是说给灯笼听的。

老张早上起床以后，感觉身上乏力，胸闷气短，吃过早饭以后，还是没有缓过来。他准备出去溜达溜达。老张今年快五十岁了，一辈子没干成什么大事，靠着种树补贴和在车间给公家洗绿皮火车的营生养活一家四口。好在前几年大女儿嫁出去了，又给自己生了个外孙子。小儿子虽然是专科毕业，但是学了门手艺，去厂子里当了焊工，还找了个初中教师当对象。前些日子儿子打电话来说，年底要带对象回来见见家长。这下把老张乐得，苦日子可算是熬出了头。因为他年龄大了，不用去山上种树，村委会就把他派去管理仓库了。

老张的身材在慢慢走样，从黑瘦变成了胖墩。碌碌无为地当着苦力，不仅受别人的嘲笑歧视，自己老婆也嫌弃他太老实，老实得像个傻子一样。他的老婆有一只眼睛天生长歪了，没什么正经工作，农忙的日子忙一阵，平时就去邻居家打麻将。老张前几个月因为高血压、高血脂住院了，出院后他总是感觉身上怪怪的，他不知道是因为天气冷的原因，还是自己老了身体免疫力下降。他双手背在后面，低头寻思着。今天不是逢集的日子，路上的人很少，街道两边好多店铺都还没有开张。地上的黄纸、枯树叶被风刮得上下翻飞。树枝上还挂着红色的塑料袋，怎么吹也掉不下来。他突然看见前面有一家没有招牌的店面，外面的木桌子上摆着几沓金铂纸和各种各样的冥币、几捆红蜡烛、红筷子和香，还有铺满灰尘的香炉和骨灰盒。门口两边挂着各种各样的纸灯笼和白幡。老张凑近去看见屋子里摆着白黄的花圈，墙上是红绿蓝紫等各种颜色和花纹的寿衣，地上是各种各样的纸娃娃和纸灯笼。突然，一个人影从后屋出来，走路竟然没有声音。他身材瘦长，年龄要比老张大五六岁。他默不作声，老张随意地指着屋里水泥地上用木椅支起的棺材问：“这多少钱？”那个老人用沙哑的声音说：“这棺材是用来土葬的，闭合性好，基本上用的是好木料。价钱按棺木的材质定价。”“那木头能有什么不一样的？”老张有点不太高兴地问。“其实木头好坏没什么区别，无非就是好木头做的棺材在地里晚烂几年罢了，上等木材做的棺材就是让活着的人在别人嘴里图个好名声而已。”老张强掩着惊讶点点头。他不知道该说点什么，他就是这么笨。后屋里出来个七八岁的小孩儿，着急地向老人报告：“姥爷，姥姥让你去后面拌一下糨糊，昨天晚上的糨糊硬了。”那个老人看了一眼小女孩，又回头看着老张。老张连忙转身离开了。回家的路上老张背着手走在路上一直想着那个白黄的花圈。

三

终于，下初雪了。

张军坐的列车驶在回家的路上。还没下车，他就看见车窗外雪花飘飘。他一刻都没有停歇，坐着大巴车就往村里赶。

雪下得很大，载满乘客的大巴车缓缓地行驶在结着冰的路上，像驮着行李的老牛，鼻孔里冒着热气。张军坐在窗边的座位上，歪着头靠在车窗上，静静地看着沿路荒芜的雪景。玻璃上的水歪歪扭扭地流下来，模糊了他眼前的视线。远处那棵干瘪的老树显得更加扭曲，黑色的躯干上像耷拉着白色的哈达。

大巴车突然停下来。由于惯性张军的头撞在了前座的靠背上。人群开始骚动，有的人站起来一脸茫然地看着前排，狭窄的过道积满了不耐烦而随意走动的乘客。妇女怀里的孩子大哭起来，哭声混进了嘈杂的争执声。张军心里有点担心，但仍然坐在座位上。穿着蓝黑色衣服的中年男人从前门上来说：“车抛锚了！走不动了，回村还有三里路。”话音未落，车厢里哄吵的声音更大了。张军受不了嘈杂的声音和那些唾液横飞的人。他果断起身，艰难地穿过拥挤的人群，拖着行李箱拎着背包下车。他顶着大雪，迟缓地走在冰封的路上。离停在路中央的大巴车越来越远，他瘦小的背影最终消失在一片雪雾中。灰蒙蒙的天映着刺眼的茫茫白雪。张军喘着大气走了大约一个小时，感觉到厚厚的棉衣里流着汗，额头上细密的汗珠被冬风吹得失去温度。

他顶着大雪，从村头一直往村里走。田野上已经积了一层雪了，几根枯槁的麦芥还能看得清楚。路上没有行人，但是沿路的房子里冒着烟。一个人走在空旷的大路上，寒风在耳边呼啸的声音特别大，耳朵冻得通红，雪花落在耳朵上融化。渐渐地他听见唢呐、二胡、锣鼓和钵的演奏声越来越大，以至于盖住了耳边的风声。门口放着一排各式各样的花圈，那个白黄的花圈被风吹倒后斜斜地倚在角落。他站在大门口，环绕一圈，看到了父亲替自己献给大爸的花圈。花圈中央大大一“奠”字，让他的情绪一下子涌了上来。屋檐下挂着两个白色的纸灯笼。院子里人头攒动，高大的灵棚显得格外突兀，仿佛盛满了院子。前面的几案上放着几盘供品，每盘里都只有四个祭品，还有白蜡边插着筷子的猪肉和半碗饺子。两边的挽联用的纸白得刺眼。香炉里的香灰堆得高高的，有两支细细的褐色的香在风雪中燃烧。遗像后面放着前高后低的红色棺材。村里的熟人断断续续地在灵堂前上香鞠躬。张军先回到房间看望躺在床上的大妈。她蓬头垢面，眼睛红肿，眼眶里的眼泪不知道是刚刚流出来的还是流过后残留着的。张军换上白色粗布麻衣丧服，和一群人面朝棺材跪着。他看见衣服上满是污垢，也许这件衣服送走了许多人。

灵帐外大雪纷飞，帐内跪着身穿白色麻衣头戴白巾的人。盆里的火烧得很旺，积雪融化后从外面流进帐内，浸湿了他们的衣服。天色已晚，雨雪落在五颜六色的纸旗上，把颜料冲淡，在白色的纸上留下水痕。张军往铁盆里加柴火，看着木头在火焰中静静地躺着，不痛不痒，直到变成一堆白灰。张军失神地望着篝火，掰断手里干枯的树枝。厨子掀开锅盖后，白色的热气呼呼在冷风中翻滚。他拿起案板往大铁锅里下面，溅起滚烫的水。温热的花椒汤上飘着韭菜，上面撒着泡了很久的丸子块和豆腐块。几个男人围着掉红漆的圆木桌在寒风中吃着面。张军吃过面后，抬头看天已经黑了。他喝着碗里的汤，不禁打了个寒战。身子稍微暖和后，他又钻到灵帐里跪着了。

一夜风雪，冷落的人群中，残羹剩饭的圆桌上落满了悲伤。清晨，寒意未歇，烟囱徐徐炊烟，灵帐内几个年轻人簇拥在一起取暖。铁盆内的火已经没有温度，鸡鸣后哀乐接着响起，一遍又一遍地循环播放。太阳出来得很迟，空气渐渐升温。朝阳却在冬日有种别样的落寞。司仪毫无感情地介绍着流程。周围各种表情的人，挤满了院子。张军跪在水泥地上，冻红的手指触摸着大地。整个世界充斥着撕心裂肺的哭声，溢满了亲人的热泪。小米站在姥爷腿边，小手抓着姥爷粗壮的食指。张军看着那个小孩，脸上对生命毫无意识的表情，懵懂无知且单纯。封棺时工人们拿着锤子狠狠地砸向铁钉，声声入耳，颤人心弦。新刷的红色油漆出现几丝裂缝，露出干瘪的木头。灵车缓缓行驶，后面跟着一群身穿白色丧服的人们。唢呐沿路吹响了整个村镇。手持白色丧幡的人走在最前面。白色的纸钱洒落满地，像极了昨夜的飞雪。柳木棍上的麻绳无力地吊着。街上无人，坟墓上堆起高高的黄土和崭新的花圈。清酒在坟前的土地上留下一道痕迹。红色的鞭炮噼里啪啦地响着，黑色的火药落在白色的馒头上。馒头边上的白烛在风中凌乱，凝固着热泪。坟上插满了冒着青烟的香。

人们散去，只剩坟墓上石头压着的红纸在寒风中微弱地翻动。山上的青松直直地在远处望着。

四

张军坐在试验田的一角，看着手里的照片，想起那年暑假，奔流的黄河水汹涌着，蓬勃着，充满活力与希望。树苗在夏日下绿油油的，飘摇的树叶在阳光下闪闪发光。刚浇过的黄土上留下深深的裂痕，那是阳光照进来的缝隙。顺着思绪他又记起张老汉的旱烟和烟丝盒，已永远封存在枣红色的盒子里。

“大爷！我是张军！我回来看您了！”张军在他床边略带哭腔地大声说，努力压制情绪。

张老汉把枯槁的手颤颤巍巍地放在张军的手上，用力握紧。“大爷，您放心！”他轻轻点头，又眯上眼睛。张老汉银白色的胡茬像收过麦的秸秆一样，几根白发毫无生气地躺着，脸色苍白，嘴唇干裂，两眼发出墓碑一样灰黑的光亮。屋内光线昏暗，散发酸涩潮湿的气味。张军的大爸——老张死后两年，张老汉也去世了。日子继续过着，让人来不及悲伤。时间把一切都带走，像滚滚东流的黄河水自顾自地流着。

耐旱实验树苗幸福地在夏风里摇曳，进行光合作用。一群学生在一旁记录数据。大爷想让张军好好学习农林专业，以后回到家乡为环境保护、植树造林事业出份力。想到这，张军又开始低头忙碌。

五

“我来看你了。”张军喃喃道。他已经不只一次在这里说这句话了。“我们一切都好，你不要太挂念。我今年硕士毕业就回来。”张军迎着寒风把一杯白酒一饮而尽，凝固着两行泪的白蜡在墓碑前伫立。张军转身离开，留下白黄的花瓣在风中。

张军把车停在路边，双手拿着大大小小的年货礼盒，蹒跚地走在雪地里。他把脚踩进深深的积雪里，发出吱吱的摩擦声。村里每家每户门口都挂着红灯笼，烟花在新年的夜空中绽放，鞭炮声接连不断地在路边响起，春联红红的纸角在寒风中摇曳。透过模糊的玻璃他看见屋里餐桌上冒着的热气，两个人影在屋里忙活。他推开门一股暖流从脸前滑过，像母亲的手抚摸他皲裂干燥的脸颊。他脱下帽子，深呼一口气然后平静地对屋里忙碌的两个人说："爸妈，我回来了。"

吃过年夜饭，家里人围着电视看春节联欢晚会。闲聊中，张军说起了自己毕业后的打算，爸妈沉思一会儿后，点点头。

六

毕业后的张军分配到了县里的林业局。这天中午他骑着自行车行驶在水泥路上，路过街上一排排村民盖的小洋楼，在村口的面馆停下来。他坐在路边的帐篷下，低头呼呼地吃着面。皮肤在夏日气息中沁出的薄汗沾湿白衬衫。突然，手机响了，母亲告诉他老张的儿子国庆节要结婚了。放下手机，张军的思绪又飘到了那晚……

冬夜，山下的村庄亮起了灯。老张在山上的仓库里清点工具和树苗，吃过饭后他就披着大衣躺在木房子里看电视。近几天他的身体状况不太好，每天处理繁琐的小事太多，经常忘记吃药。第二天，天刚刚破晓，工人们就上山种树，敲老张的门，半天无人应答。他们发觉到不对劲，破门而入，只看到床上已经僵硬的老张。

张军被吵闹声拉回现实，一群年轻人扛着铁锹拿着水桶往山上走去。张军结完账，赶忙追上去，跟在这群人后面。山上树林茂盛，他已经忘了当时上山的路。他慢慢地走着，往山下望，看见村口那一行大字——绿水青山就是金山银山。他接着往山上走，看到了远处奔流不息的黄河。

黄河裹挟着黄沙，在黄土中一路蜿蜒，像一把锋利的剑，在金甲上劈开一道裂痕。黄昏下落日在河面起伏，像金子在闪。

（中文系1801）

黄河情·黄花情

吕萌

一　分株

“今年的黄花株还是按照往年的惯例下发啊！”村长杨根厚在村办公室用那老旧的扩音设备向全村通知着对于黄花村的重要事宜，“所有人等会在大队门口集合，拿上工具都去地里种苗子，把镢头和油渣都带上肥肥地，都别错了时候。”杨根厚几十年如一日的苦口婆心，也如黄花村几百年如一日的对黄花的坚守。

“又领，又挣不下钱，搭了工夫、搭了化肥钱、吃了黄土苦！还要种黄花！我不想种了！”村里的年轻后生嘟嘟囔囔着，却又碍于村长的威严不敢大声喧哗，仿佛自己的怒气与无奈能够随着嘴里的话宣泄出去似的，却又只能垂着头嘟囔着向大队走去。街道上的人成群结队一伙一伙地向大队走去，有男有女有老有少，却都神情肃穆，仿佛苦行僧一般，去往自己的修炼地。

“都不要挤，都把苗子拿好。”杨根厚在大队黄花苗的分发处扯着嗓子大声地喊着，“哎哎哎，那个后生不要把根往地上拖！”“你这姑娘说了几遍了，别拿手捏根！说了几遍了，耳朵不好使？”“梁家的你拿五十株……”杨根厚不厌其烦地嘱咐着，尽管他的嗓子已经沙哑得快不能说话了。“唉，村长叔，咱去年就没卖出多少钱，今年还种这么多，亏了一年又一年，咱啥时候才能脱贫啊！你愿意穷着，不能让我们大家伙和你一起穷着啊！赶紧换换，别种这烂黄花了，谁爱种谁种去，反正我不种了。”一个突兀且充满敌意的声音向杨根厚袭来，原本乱糟糟的场地瞬间安静下来。扎着羊角辫的小姑娘紧紧地绷着脸，好像用脸使劲就能让自己的呼吸小声一点。“你说什么？你再说一遍，为什么种？这是规矩！是祖宗留下来的！是生你养你的黄河给你的嘱咐！”杨根厚怒目瞪着那后生，眼睛里充的血要迸出一般，嘶吼着向那后生骂着。可能是规矩二字太重，也可能是祖宗二字太沉，更可能是杨厚根的气势逼着他向后退了一步。“反正、反正，我，我是不种了！对，就是不种了！”后生磕绊着仿佛在给自己打气一般，扬头冲着村长说出了这番话。“不种就滚，麻利地滚，别在这瞎叨叨。”“走就走，谁稀罕了！”那后生仿佛吃了秤砣铁了心了似的，就真的拧身离开，“滚了就别回来！”杨根厚高声骂道。后生就直直地走出村口，没再回过头。“懒得管他，年轻人看了几天星星点，就以为自己啥都知道了，狗屁不通！大家伙都拿好自己的苗子！”杨根厚依旧在低声咒骂着。村民们都沉默着抓着黄花苗子，不附和也不反对，好像沉默就可以解决问题。

初春的风好像也看到了这境况，也高高低低起了风，带起了不知道谁落在地上的黄花苗，上面七零八落黑色的脚印好像在为那后生送行一般，也仿佛在为这个村庄迷茫。

这是离开的第一百三十二个年轻人。

二 朽根

佝偻着背的老汉迎着瑟瑟的冷风在黄花地里翻着土，一遍翻土、二遍撒肥、三遍盖土、四遍放苗、五遍铺土，来来回回，不辞辛苦一遍又一遍。土地平整了，只是背越来越弯了。被风吹着的白杨使劲向老人这边靠，好像这样就可以为老人挡住寒风，其实无济于事，就像种黄花在好多年轻人眼里对于日子的改善也是这样。“哎，老黄头，你咋不叫你娃儿回来种呢？你这老骨头得折腾到啥时候，别苗没种下去，你自个先下去了！哈哈哈哈哈哈……”田间陇头上的一个村民向地里佝偻着背的老者喊着。“我才不要我儿子回来！他在城里赚大钱去了，这黄花菜啊，有我老汉儿就够了，再说了他个小崽子毛都没长齐，论这种金针菜啊，他能有我种得好？再说了，你在这逞嘴子，你咋不把你家娃儿叫回来？”黄大幸也毫不客气地回道。那村民仿佛哽了一下，摇摇头，往地里吐了口唾沫，把镢头扛到肩上：“不就出了个大学生么，有啥好牛气的？”那村民摇着头嘟囔着离开了。老黄头就跟听不见一样，该咋样就咋样地锄着自己的地。看那太阳由中间慢慢向西落去，好像在催着黄大幸回家一般，可老汉只是锄着自己的地。

直到那太阳仿佛熬不过他似的自己下了西山，天色苍苍茫看不大清地里的行数了，老黄头才扛着镢头慢慢悠悠向家晃去。“你个老汉还以为自己是小伙子呢？不知道自己多大年龄？”黄大婶一边拿着毛巾抽打着黄大幸身上的灰，一边不停地嘟囔着，“要不我说还是叫儿子回来吧，你一把老骨头了，地里那么多活，你一个人扛了去年今年还能弄？别要老子威风了，把儿子叫回来给你帮帮忙，行吧？”大婶边给他递水边试探着说。“叫啥叫哩，不许叫！老子身体硬着，要他个小子来帮忙，丢我先人！”老汉语气强硬地回绝道，但是他的腰仿佛在证明他嘴硬一般，在他抬起身的时候“咯噔”一声，“哎哎哎，老婆子快扶我一把，把那瓶酒拿出来给我抓抓腰，这腰又不行了！”“让你逞强，咋不折腾了，咋不去地里了，嘴不是硬得很吗？还要我扶了，让你那黄花苗子给你搭把手啊，你这两天就先放放你那黄花，先别去地里了，听见没？跟你说话呢！”黄大婶虽然嘴上不饶人，行动还是很诚实地搀着黄老汉向里间慢慢踱步。

今天黄老汉种下的黄花苗子尽情地在土里吸取着养分，以抚慰自己分株时所遭受的痛苦。而老汉家育苗间里的苗子叶有一点微微的卷曲和枯黄，好像在悲哀着自己这几日不能回到田间广阔天地，只能待在这狭窄闷湿的地方，不能和自己最爱的阳光碰面，就难过地低下了头。

初春的风好像也看到了这境况，也高高低低开始行动，微微吹动起田间的苗子，仿佛在抚慰一般，经过老黄头家时变得呼啸。

三　扎根

“黄河村站到了，请乘客们拿好自己的随身物品有序下车，谢谢。”咯吱，公交车的门开了，挤下来一个年轻的小伙子，带着大包小包的行李，肩上挂着，手上提着，胳肢窝夹着，都会让看到的人怀疑他是怎么从那像沙丁鱼罐头似的公交车上挤下来的，但他就是挤下来了。“唉，婶，今天怎么有空在这晒太阳呢？”“村长叔，嗯，回来了。”他一走进村子就热情地和大家打着招呼，“哟，大学生回来了，这不是这两天地里没水旱的，干不了活就偷了个闲。你这次回来待多久啊，回来干啥来了，咋还没带女朋友呢？”有那坐在村口小马扎勾着手里鞋子的好事婆娘问道。“啊，婶。这次回来就不走了，女朋友再说吧！”青年不好意思地红着脸挠了挠后脑勺。“呀，你这一回来就不走了，真的啊？那老黄头估计要被你气死！”青年听见后，表情顿了顿，勉强笑着说：“没事，好歹是我亲爹了，我回自己家，他还能把我打出去？那行，婶，你们先唠着，我就回去了啊！”他也没等那些人反应，自顾自的就带着那一大堆行李离开了。“哟，这下老黄家可有的闹腾了，他儿子这次回来不走了，看那老黄头以后还怎么嚣张了？”身后的婆娘们还在叽叽喳喳地说着，看那青年的背好似也有一些弯，不知是被行李压弯的，还是因为婆娘们的议论，更可能是即将回到家里的忐忑吧。

“滚，谁让你回来的。”随着老黄头的吼声，刚刚还挂在青年身上的行李就像垃圾一样被扔了出来，“老子好不容易把你供出去，让你走出这黄花地，爹一辈子都摆脱不了的泥腿子！你还上赶着要回来！你、你、你脑子是被驴踢了，还是上学把脑子上丢了？你现在就给我滚回去，走也给我走回城里去。”黄大幸出着粗气骂道。“我、我把工作辞了，我就想待在家里种黄花。”黄花小心翼翼地反驳道。“放屁，你给我滚，你睁大你那狗眼看看村子里还有几个年轻人？你回来干啥？种黄花，种个屁的黄花，种这能有啥出息了？你现在是出息了！啊？都会自己拿主意了！啊，看来是瞧不上你老子了！你、你……”黄老汉被气了个背仰，说不出话来，只是颤抖着手指，直直地指着黄花。“爸，你听我说，我回来是有计划的，是有把握的！”黄花看着父亲长满裂口的手，坚定地说道，“爸，咱的黄花这么好，不应该就这么卖不出去。一年一年堆在仓库里，我想把大家伙集中起来，让大家都回来，让村子里不光剩下老人和小孩，让年轻人都回来。这儿发展起来了，咱也能摆脱贫困了。”“你光想得美了，咋的做了？你有好苗子了？你有那好的经销商了？你有那钱了？咋就你能得不行！”黄老汉还是没有被说服，依旧在高声吼骂着。“爸，你相信我一次，现在政策好了，县里有技术顾问了，而且把黄花种好了还有补贴的。现在人有那直播带货，在网上卖呢，肯定能卖出去！你就相信我一次，啊？”黄花坚持着。“唉，你现在大了，我读的书也没有你多，知道的东西也没有你多了，你有你自己的主意，是爹没用了。”黄大幸叹着气背着手准备离开，“反正你记得你还年轻，你爹也还在。”黄大幸的话伴着他的踱步好像被无限拉长。

初春的风好像也看到了这境况，也高高低低地吹了起来，吹起了黄老汉的衣角和黄花的心。

这是第一位自己回来要留下的年轻人。

四 抽苔

“村长叔，村长叔在吗？”一大早黄花就敲起了杨根厚家的大铁门。“在呢，谁啊？啥事啊？”杨根厚迷迷瞪瞪开门回应着。“哦，叔是这，我想租上那二十亩地盖大棚，想……”“盖大棚？你想干啥了？你小伙子从城里回来肯定没安啥好心？”杨根厚粗暴地打断了黄花的话。“不是的不是的，叔，我也是想种黄花的。”黄花急急忙忙地解释道。“种个黄花还要大棚了？都没人这么干过，你得是哄人嘞。”杨根厚半信半疑道。“那肯定是种黄花了，人家现在都用现代化种植，我也想给咱试试。”黄花解释道。“是了？那都有啥了？我看人家网上说还能自己浇水了？咱不整那些花里胡哨的，咱就听老祖宗的，祖祖辈辈都是这么种的。黄河都看着嘞，由不得你乱来！”杨根厚斩钉截铁地回绝道，“叔，哎，叔，你得向前看，这肯定能行！”黄花坚持的劝说道，“能行个屁，你回去问问你老子，问问他老子是怎么教他的。你能种就种，种不了就滚回城里去。”咣当，铁门无情地关上了，好像也在嘲笑黄花的不自量力，“叔、叔、你开开门，咱好好合计合计，高低得先试试哇，叔、叔！”黄花使劲拍打着杨根厚家的铁门，但是铁门还是铁门，再不曾打开。

“哟，回来了？吃了闭门羹了？知道不好弄了？你赶紧回城里去，再找个工作，好好上班去。”黄大幸坐在门口的马扎上冲着刚回来的儿子说道。“爸，我不会回去的，我有分寸。”黄花头也不抬地回话，只自个径直走到院子里扛起镢头，另一手抓起一袋油渣和半扎黄花苗子，就往自家的地里走去。他一往无前，不曾回头，好像在和那田间的白杨要争一争谁会为黄老汉挡去更多的风霜。

黄花圪蹴在地里，细细地看自己老爹种下的苗子。看那苗子明明在生长季却好似那中了网瘾的青春期男生一样萎靡不振，明明应该是奋力吸收阳光向上走的，却窝缩成一堆像营养不良的矮子，穿着枯黄不整的外衣。他拿着镢头挖了一窝苗子出来，摸了摸根，捻了捻土，抬头向天上看去，沉思了很久，好像田间的雕塑一样，苗子扎得浅，渠里的水也供不上，太阳光照也不充足，所以苗子才会回缩枯黄。他兀地站起来，抖掉了不知道什么时候趴在身上的金龟子，大步迈到隔壁家的地里。发现也是这问题，他突然就微微扯了扯嘴角，好像是笑了一下吧。他拿起苗子拧身就往村子里走去，越来越快，越来越快……

初春的风好像也看到了这境况，也高高低低地翻卷着，卷起了田间黄花苗的叶子，一时间许许多多的细叶条开始飞舞，好像在庆祝自己终于找到了病根，相信能够摆脱这网瘾形象，能做那向上的青年。

五 含苞

初春早上六点的天，灰蒙蒙的，让人忍不住产生睡意，公路上的早班车也在不紧不慢往前晃着。“您坐，您坐，我站着就行。”黄花在主动为那满头白霜的老人让座。他就站着，扶着那栏杆，任车子晃动。他却依旧站得笔直，如同他对命运的态度，不曾听之任之，而是要抓在自己的手中。今天他主动前往县农业科技所前去请教，他要告诉所有人他说出的话是有根据的。

“你们村今年的这个地啊，土壤板结太严重了，这样种肯定是要出问题的啊！”县里来的专攻植物百合科的王技术员捻着土说道。“这，我们年年这么种都没出毛病啊，那您说这怎么办？”杨根厚在一旁焦急地说，“您一定要帮帮我们啊，黄花可是我们村民的命，大家都指望今年种好了脱贫呢！”“不用这么客气，叫我小王就行了。你们这土壤板结不仅是往年大水漫灌导致的，你们施的肥料也有问题，要用那磷酸铵、过磷酸钾改善土壤了……”“‘临安算’？这都是啥了？咱这年纪大了听不懂，也闹不明白。要不你给黄花说，他是大学生，脑子可好用了。”杨厚根在听了一系列的专业知识后，有点蔫了，他把黄花往前推了推，自己叹着气往后退了一步，这争强好胜了一辈子的老人，最终还是在科技面前退了一步。

随着技术员的驻村指导，田间地头开始热闹了起来，黄花也忙得脚后跟打后脑勺，早晚不见太阳。他早上忙着和技术员配备新的肥料，保证大家都能领到自家需要的配额，下午忙着和工人们一起开凿新的水渠，让每一家的苗子都能准确接受黄河水的灌溉，感受黄河对万物的恩赐。在间隙又要抽空去和搭建大棚的厂家联系，以保证乡亲们花最少的钱办最大的事。

“你慢慢吃，别噎着了，没人跟你抢。你这咋回来了比在城里还忙，你之前还能每天给妈打个电话聊聊天，现在明明在家里就是见不上面，还整天弄得一身灰，你说你回来干啥？”黄大婶在小桌子上一边拿毛巾擦着黄花身上的灰，一边嘴里嘟囔着。黄花看着每天为自己操心的老娘，张了张嘴刚想说些什么，电话响了。“嗯嗯，是黄花，到了是吗？已经到村口了，我这就过来。”黄花拿着电话就往外走，走到门口时才回头对老娘说：“妈，你快吃饭，不管我了。我先出去一下，你就别出来了，外边风大。”随后他就边讲电话边大步地向村口走去。“唉，这饭又没吃完，他爸，你说娃这是为了啥？”黄大娘一边收拾一边说。“就该这么忙，那不然他回来干啥，我老黄家就没有那做不成事的孬种。好着呢，忙着才好。”黄大幸看着儿子的背影说着。

“你好你好，我是之前一直和您联系的黄花，您这次是把搭大棚的所有材料都拉过来了吗？”黄花看着有些眼熟的老板说道。“是我啊，黄花哥，我回来了。我听我爸说你回来了，我就也想回来和你一起干。我们在西安的都就商量了一下，我们都回来了。我们都相信你。”“绿豆！真的是你！黑蛋你咋也回来了？”黄花惊讶地看着这些小时候的玩伴，开心地说道。“咱是喝那黄河水长大，靠着那黄花菜养大的。再说了，有你带着大家伙，我们能不回来？”绿豆摸着后脑勺和黄花说着。“好好好，这可太好了，先进村吧，今年这风大得很。”黄花拉着大家伙往前走，“到了村大队我们一起商量，一起做！”

初春的风好像也看到了这境况，也高高低低忙碌着，卷起了敞篷车上的大棚布，大棚布被吹得飘飘扬扬，好像是一面旗帜。路边的白杨树也在附和着拍打着手掌，仿佛是要对着那困难全面开战了。

这是回来的第八十九个年轻人。

六　开花

“各位老铁们，我们家的黄花保证是纯天然的，化肥添加剂含量极低，都是蒸烤后太阳晒干的。来，大家可以看一下我们的车间制作流程，保证健康卫生，现在加购物车还能领券减免运费。机会不多大家抓住啊！鲜黄花？有的有的，可以装袋真空顺丰邮寄的，送运费的送运费的，运费险也有的。好了，现在给大家上链接！……好嘞，今天的直播就结束了，其他有需要的朋友们也可以在我们的店铺里继续购买。谢谢大家的支持，谢谢谢谢，大家再见啦！”黄花说完之后快速地抓起桌上的水杯开始灌水。“黄花哥，结束啦，你现在这说话越来越快了，越来越有那味了，啊？大主播！”绿豆调侃着黄花。“你咋话这么多，赶紧看看今天的单子，赶紧和村长叔商量着把单子做出来，然后发出去，别耽搁了。”黄花装作若无其事地说道，但是耳垂的薄红已经出卖了他。“这有啥不好意思的？咱把货卖出去才是真本事了。那哥我先去发货了。”绿豆边干活边说。

“黄花！黄花你在吗？叔有个好消息要和你说！”杨根厚披着他的衣服急急火火就跑过来了。“唉，叔，我在呢，有啥事了？”黄花走到门口去接杨根厚。“咱村脱贫了！咱脱贫了！刚刚县上扶贫办打电话过来，说我们今年脱贫了！还说你搞这啥……直播带货，让隔壁村子也脱贫了，要给你送锦旗嘞。”杨根厚激动地拍着黄花的背。“脱贫啦，咱终于脱贫了！”黄花深深地叹了一口气，身子像卸了力一般瘫在椅子上。车间里所有人都站着激动地相互握手说话，只有黄花瘫坐在椅子上，但是所有人脸上的喜悦都是相同的。村里的喜悦和欢笑声仿佛要穿透云层向上冲去，告诉天人自己的快乐。

“大家都把家里的娃儿带上，都到大队来。”村支书杨根厚依旧在村办公室用那老旧的扩音设备向全村通知着对于黄花村的重要事宜。“都来啊，大家都来啊。”杨根厚今天的通知格外喜气洋洋，让人听见这个声音就能想象出他笑得一脸褶子的画面。街道上的人成群结队的一伙一伙向大队走去，有男有女有老有少，却都喜笑颜开，轻松愉快，和领苗子时的情况大相径庭。

“来了就找地方坐，都不要说话，等会都仔细听，今天是咱黄花的表彰大会啊！”杨根厚扯着嗓子招呼着，婆娘们手挽手往进走，孩子们你追我赶的往进蹦着。不一会，村里的村民大会厅就坐满了人。“喂，喂，喂！能听到吧，大家伙？大家这都到齐了，那我宣布今天的村民大会正式开始。”村长坐在话筒前一本正经地说道，“今天大会第一项……”“哎，老杨，有啥就赶紧说，别整得这文绉绉的，咱都不爱听这。”台下的乡亲们都调笑着杨根厚。“哎呀，那行，咱就直接说了，咱黄花村今年脱贫了！”杨根厚笑着直接说道，“接下来，就让咱的大功臣黄花同志上台演讲！大家鼓掌！”在大家雷鸣般的掌声下，黄花走上了台。

“乡亲们，我是咱黄花村的后生，生在这，长在这，咱在座的叔叔婶婶都是看着我长大的，我上学就是为了给家乡做贡献，哪有啥大功臣？要我说哪，那大功臣肯定是咱王技术员啊，没有他咱能发现了问题？咱能处理那虫病？还有修水渠的各位乡亲，没有你们咱那地能浇得上水？还有绿豆他们，没有他们咱那大棚能搭起来？那黄花不早都叫早霜打死了？还有各位阿娘，没有她们，黄花能赶在那场暴雨前抢下来？还有阿辉他们，没有他们回来，咱这直播也做不起来，还有程子他们，没有他们咱这快递能送出去了？别说我了，谁都是那大英雄大功臣。说到真正的大功臣其实应该是咱那黄河。没有那河，咱怎能有这适合种黄花的地？没有那河，咱怎能有浇黄花的好水质？再说，没有那河，能有了咱？咱祖祖辈辈都靠着这河过活，最该夸的是咱的黄河啊，祖宗们给咱留下的好都在这河里了！咱才该给那河好好鞠上一躬。”黄花情深意切地对村民们说着。随后，他便对着黄河的方向深深鞠了一躬，会议厅里老老少少都站起来向着黄河鞠躬。不知事的小孩学着大人的动作也弯下了腰，好像在做着一个传承！

静静流淌的黄河好像感受到了她的孩子们的感谢，她翻起了几朵浪花，好像在无声地说着“不用谢”，她在无尽的岁月中永远佑护着这片大地，这就是我们的母亲河！

风好像也看到了这境况，也高高低低欢快着，卷起了村口那“热烈庆祝黄河村脱贫”的横幅，也把石桌上的那一小把黄花吹落在地。这次上面再也没有那七零八落黑色的脚印，而是被人认真地捡起，轻柔地拂去上面的灰尘，重新回到了原来地方。

黄河养育了黄花，黄花成就了黄河。

（中文系 2006）

大海

董明欣

1941 年 5 月，中国部队在山西省南部的中条山地区对日军进行着防御战役。

“连长，刚刚侦察到日本人的飞机从北边飞过来了，咱们现在的位置很危险，随时都有可能遭到轰炸……”一个侦察兵战士报告着。

“嘭、嘭、嘭……”一连串的爆炸声响起，一颗炸弹在他们不远处炸开。炸裂的石块如子弹般打到战士们的身上，爆炸地经过火药的炙烤变得焦黑，一时间尘土四起。

“快往南撤，下山下山，一班掩护……”这名连长已经被炸得东倒西歪站立不住了，但依然有条不紊地指挥着部队。

“吕连长，快走快走，保护吕连长撤退，快快！”还有意识的人听到声音搀扶着附近还有气息的队友开始撤退。

两个月后，周青村里。

“哇……哇……”一个男婴出生了，他和家人们幸运地避过了这次日军的袭击。

穿着深色棉布衣的中年人抱着怀里的婴儿很是宠溺，他时不时用手小心翼翼地摸一下小婴儿的脸蛋，生怕自己粗糙的手伤到孩子。小婴儿的眼睛又大又亮，如同黑色的宝石，脸蛋嫩嫩的，可爱极了。

“孩儿他爹，你给咱们的娃儿想好名字了吗？”说话的是一个皮肤干枯面色苍白的中年妇女。“就叫大海吧，董大海，咱们这黄河边的娃们都没有见过海。我想他们以后可以走出这里，去看看海。”

“又是海呀，是不是咱以后的娃们都要叫海呀！真是的……”

“海怎么啦，我可给你说，以后娃儿的名字我都想好了，都有海。”中年人憨厚地笑着，眼里满是幸福的光。

时间过得飞快，抗日战争胜利了，中华人民共和国成立了。外面的世界变化很大，黄河滩边的小村子也开始了变化。

大海此时已经是一个长在黄河边的大男孩了，他经常在滩地玩逛。他活泼开朗，被太阳晒得黝黑黝黑，却十分健康。他身上隐隐显现出一些隆起的肌肉，那是力量的象征。

他有了三个弟弟，大弟叫天海，二弟叫银海，三弟叫小海。因为爹娘都要去滩地里劳作，所以他的日常工作就成了照顾三个年幼的弟弟。

大海每天都要早早地起来做饭，虽然现在只有十岁，但是洗菜、淘米、煮面条已经很拿手了。他知道自己应该为大人分担一点东西。当每天看到爹娘拖着疲惫的身体回到家时，他就赶忙递上水。爹娘太累了，他的心里有了一个朦胧的念头：做家里的小大人，一个顶梁柱，可以让爹娘轻松的小大人。

村子的南头住着另一户人家，村里的乡亲们对这家人格外照顾，不光因为她们在这困难时期是孤身母女俩，还因为她们家的男人就是当年中条山战役率领部队奋死抵抗的抗日英雄。

吕连长和他的部队在撤退中进入了敌人早已设好的埋伏圈，最终只有他和少数几人突围了出来，逃回了周青村。身受重伤的吕连长趁着夜色潜回家中养伤，却不料被同村的汉奸知道了，偷偷喊来了日本人。吕连长被抓住后被日本人当街游行，最后在家门前被刺死，只留下了在外躲避的妻女。

小祥就是他的女儿。因为没有父亲，所以每当看到别人的父亲拉着孩子的手游逛时，她的眼里充满了疑惑与羡慕。母亲要出去劳作，所以经常留下她自己一个人在家。孤零零的，她渴望一些东西，但是她说不上来。

九岁的小祥走在泥沙沉积的黄河滩上，多日的阴雨天气使这里的沙土地潮湿而松软。阳光偶尔拨开阴云轻柔地从天上垂下来，洒在河滩上，映照出一片金黄的光。

在没有人的时候她喜欢一个人和小动物说话。她喜欢去芦苇地里玩，听风拂过芦苇丛的声音，看空中排列飞过的鸟，嘴角就会挂起一抹微笑。她喜欢笑，但是又很少笑。

小祥背着竹背篓穿过滩边的田地，露水沾湿了她的裤脚与背篓。潮湿的空气弥漫着，使她的头发也粘上了水珠。几缕头发贴在脸上，虽显得她更加清瘦，却多了几分生气。

远处是缥缈的炊烟，鸡叫狗吠声在混合着潮湿的雨露中飘浮着，仔细听还有小孩子们欢笑的吵闹声。那是一个欢乐的没有孤独的世界，小祥很是着迷。

不远处的野草地里，一个男孩在放牛，牛在吃草，男孩在割草。小祥看到男孩后正要向前却没注意脚下，被湿滑的苔藓滑倒，一下子压在了小竹背篓上，把脆弱的小背篓压出个凹痕，男孩正站在草丛里，抓着镰刀，听到声音，一看摔倒的是个小女孩，急忙就跑了过来。

田野上的风拂过男孩的黑发，他有一双闪亮的眼睛，如同黑色宝石一般美丽。她努力站起来，望着他。

那头正在吃草的老牛也抬起头来看他们，一双弯弯长长的犄角立在头上，厚重而又沧桑。

“受伤了吗？”大海有些紧张地问。

“没，没有受伤。”小祥低着头，看了看地上“受伤”的背篓，很是心疼。

大海好像知道女孩在想什么，他感觉他们似曾相识。便试探着说：“我会编背篓，要不我来帮你修吧。”小祥乖巧地站在那里。

大海轻轻地拿起背篓看了看说：“你看到那头老牛了吗？在那儿等我一下，我去找点东西，马上就回来，很快的。”小祥点了点头，大海说完就往家里跑去了。

小祥乖巧地坐到老牛旁边的一块大青石上，静静地看着老牛，她喜欢这头牛，就好像长辈一样，厚重慈祥。

不一会儿，大海带着东西跑回来了，竹片、竹条、小刀，大海坐在她旁边的石头上开始摆弄背篓。小祥就静静地望着他，男孩的眼睛出奇的大，出奇的亮。如像有什么东西吸引着她，小祥一辈子都不会忘记这双眼睛。

不知不觉，小祥已经不像刚才那么紧张了，她看得入了迷。从大海身上，她感受到了如阳光般的温柔。大海的手很巧，很快就把凹进去的地方修好了，还特地用两根硬的竹片加固了一下，然后小心地递给了女孩。她看到崭新漂亮的小竹篓很是开心，女孩的嘴角不自觉地挂上如阳光般明媚的笑容，大海看得很痴。

大海从前见过小祥，听乡亲们说过她爹的事迹。可小祥却不认识大海，她只是觉得眼前这个大眼睛的哥哥很亲切，很温柔。

“哞、哞……”旁边的老牛率先打破了沉默，两个孩子对视了一眼都笑了起来。

大海挠着头大大咧咧地笑道：“我叫大海，就是大山的那个大，海就是有很大很宽又距离我们很远的水，就是很多很多的水……”大海还是头一次给女孩子介绍自己，之前跟男孩子玩都是直接说名字就可以彼此打成一片，现在认认真真地解释起来倒让他有点局促，一时连个简单的名字都说得结结巴巴，一直紧张地挠头。

小祥其实已经知道了他的意思了，于是鼓起勇气，轻轻地念了一声“大——海”，男孩立马精神了，“哎对，就是大海！”说完依旧憨憨地笑着。

“我知道的，你叫小祥，你爹是抗日英雄，杀过许多鬼子，保卫过咱们村子。”大海眼里流露出崇敬而向往的目光，他是打心底里佩服。当英雄是那么伟大，受人尊敬，他说着说着好像自己已经是个顶天立地的大英雄了。

两个小孩子虽然刚认识，却都让彼此产生了一种早就认识的亲切感。大海邀请小祥坐到自家老牛的宽背上，眉飞色舞地说着很是威风。因为这是全村最大最壮的牛了，从它那盘曲的大角、宽阔的脊背就可以感受到力量。

踢嗒、踢嗒……

牛蹄声回荡在小巷中。牛背上坐了个女孩，背上背了一个青黄色的背篓。一个男孩则牵着大牛大摇大摆地走在前面。大海的心里好像多了点什么，他也不清楚。他只是知道自己今天新认识了一个朋友，她的名字叫小祥。

大海望向远处，是宽厚的黄河，黄河口离他们很近，他可以清晰地看到昏黄的水流涌动着，阳光铺在河面上，就像铺了一层金子一般。河岸边的芦苇，在轻风中摇曳着。天上的云朵或大或小，或远或近地都乘着风前进。远处的河则亮得像一面镜子。晕黄的云映照在这如镜子般明亮的河水上。被云遮住了的芦苇地则显得有些暗淡。水光、云影、芦苇，明亮或暗淡地交织在一起，大海牵着牛，牛背着女孩，他忽然觉得这一切都很美很美。

从那一天起，小祥好像变成了大海的尾巴，大海只要出门她就会跟着大海一起出门。大海放牛，她在旁边割草，大海去河边捞鱼，她也跟在后面帮忙。小祥很乖很乖，大海也很照顾她。在大海的心里，小祥已经是他的亲人了。阳光下人们总是会看到小祥坐在牛背上，大海牵着牛走在前面，两个人，一头牛，一条路。

黄河边的村子基本上都是用这黄河水浇地种庄稼，所以是这黄河水哺育了两岸的人民，没有这黄河水就没有生命。

这一年小祥上二年级，正值春夏之交，黄河中下游地区发生了严重的旱灾。村里面的大喇叭整天都在向人们播报这次的旱灾有多可怕。村里的氛围虽然紧张，但人们也都没有办法。俗话说靠山吃山、靠水吃水，黄河边的灌溉只能靠黄河里的水，可是今年的黄河显现出一种颓势。

从前的黄河就像一条黄色的闪着亮光的金丝带，可是现在这条丝带上却满是孔洞。村民们开始害怕了。水量减少，河水蒸发，一大片一大片的河底裸露，形成了一个个的沙洲。最大的沙洲甚至覆盖了整个宽度的一半。经历过旱灾的老人们看到黄河这幅景象更是满面愁容。他们知道，旱灾代表的不仅仅是水源枯竭，还有那地里的庄稼，都将逐渐枯死。饥饿就要来了。

周青村里的孩子们不再顽皮打闹，有的只是恐慌。大人们开始收取一切可以果腹的食物。他们囤积粮食，往家里的瓮里担水。土地的相貌就是旱灾来临的预兆，地上的口子一天一天裂开、变大，小孩子的一个拳头都能塞进去了。旱灾来了！旱灾真的来了！村子里人心惶惶，往日热闹的村子渐渐萧条下来。

一些老人在家里的供桌上燃上香，双腿跪在地上，嘴里念念有词，祈求旱灾快快离去，念完还不忘虔诚地磕头。香一天天燃着，可是周青村里的情况一点也没有好起来。

田里的庄稼在暴烈的阳光下苦苦挣扎，最终还是一天天矮下去，直至枯死，瘫倒在地上。平日里那些生命力旺盛的小草也开始枯萎。再看树木，都已经在崩溃的边缘。周青村好像进入了一个寒冬，一切都是光秃秃干巴巴，连生命也是。

周青村的人们开始寻找生的出路，年轻壮劳力都逃往外地投奔亲戚或是打工，只剩下老人和小孩守着这毫无生机的土地。

大海的爹就和村里面的一些年轻人去了南边的钢铁厂打工，赚些钱补贴家用。大海和他娘留下来照顾三个弟弟。尽管是这样，家里的米依然不够吃。家家户户的米都是存到来年收成之前的，可这一次地里颗粒无收。眼看着米缸里的米一点一点减少，他们的心也一点一点沉重起来。

之前和吕连长共事的战友给小祥她们家送来了一袋米。这一袋米真是太宝贵了。妈妈把小祥叫过来说："快谢谢叔叔。"

"谢谢叔叔。"小祥低着头怯生生地说到，使人满是怜爱。

送米的人对妈妈说："之前吕连长对我很照顾，他人很好，是我最尊敬的人。没有他就没有今天的我了，是我要谢谢你们。"

大海家中，缸里的最后一粒米也吃完了。

家里的老牛在围栏里疲倦地蜷着，只是时不时地摇动着尾巴驱赶苍蝇。鸡窝里那几只常常打架的鸡也安生了下来。它们都饿了。

一大早，大海把小祥叫出来，带着她准备去河里找点吃的，现在的水面比之前更低了，河里的鱼更是几乎没有，想要捞到很是困难。他们只能把运气寄托在突然捞到一条鱼或者田螺什么的。

大海带上捞鱼的网，小祥跟在后面，两个人慢悠悠走着。两个人说话声音都变得低了，到了后面都已经饿得快没有力气了，索性都不说话了。现在还不是很热，所以大海他们得趁中午太阳变得毒辣之前回去。

到了黄河滩边，龟裂的土地绵延了很长的距离。他们踩着坚硬的土地寻找还未干涸的水。河的外围已经干涸得很彻底了，所以他们往河中间走，那里的河水深，所以会有一些还未干涸的水。他们走了一会儿，前面出现一片亮晶晶的水光。在阳光的照耀下，那河水是希望。不经意间，他们的步伐加快了。

这是一小片还未干涸的地方，脚下的土地也变得湿软起来，往前更是变成了泥地。两个孩子“啪嗒，啪嗒”踩着泥，眼睛死死地盯着这片水。随着气温升高，水里面的鱼会到水面上呼吸。如果有泡泡冒出就八九不离十是鱼了。映照着太阳的河面很亮，两个孩子看得眼睛都很难受，可是饥饿已经使他们忘记难受。精神支撑着他们的身体。

前面的泥地里有一连串的泥坑，足有脸盆那么大。大海瞬间就精神了，他的直觉告诉他下面有东西。他们悄悄地走到旁边，如同经验丰富的猎手静静等待，寻找最佳捕猎时机。大海轻轻地呼吸，招手让小祥站在那里别动，自己则用两只粗糙的手轻轻地伸进第一个泥坑里，然后快速把里面的泥往外面掏，一下接着一下，速度很快。没有！又悄默默地把手伸进下一个泥坑里……

就剩两个泥坑了。怎么办？要是什么都没有，就又要饿肚子了。之前那几个泥坑里什么都没有翻到，他们把剩下的全部希望寄托在了后面两个坑中。大海已经没有耐心了，强烈的饥饿迫使他开始焦躁地翻着泥坑。突然，他摸到了什么东西，立马把手缩了回来，然后迅速把周围的泥扒开，扩大。慢慢的，一个沾满泥水的黑色背甲露出来。

“是甲鱼，甲鱼啊，好大啊，好大啊！哥，咱们有吃的啦！”小祥真的太激动了，她已经好久没有吃过饱饭了，更不要说肉了。

他们两个从来都没有看到过这么大的甲鱼，它那黑色的背甲有两只手那么宽，像个小脸盆一样大。它的四只小爪起初还在扑腾，感觉到是有人把它从泥里面拉出来，察觉到了危险，立马把四肢缩了回去。那根粗短的尾巴也尽力往回蜷。不过那个小脑袋却很不老实，露着半个在外面，小心翼翼地瞧着这两个打扰自己休息的不速之客。

大海的腿已经蹲麻了，起来的时候两眼发黑，弯着腰站了半天，才慢慢直起身来。他让小祥把甲鱼用麻绳绑住，放进背篓里。他实在是太累了，拉着小祥就往阴凉处走，走到一个阴凉一点的地方便一下子瘫坐下来。

小祥从小竹篓里拿出水来递给大海，乖巧地给他揉胳膊和腿，看得出来小祥很认真。每当大海劳动累了，小祥就会像现在这样给大海捏，给大海放松，而大海就会安静地看着她。静静的，没有人开口打破这和谐的氛围，因为他们都在享受这一刻，小祥很喜欢，大海也是。

这些日子，周青村里的孩子们都饿坏了，巷子里也少了往日的热闹。大海把小祥带回家，背着大甲鱼便进了厨房。不一会儿，就远远地闻到了一股让人嘴馋的气味。

大海烧着火，脸被火烘得红通通的。

过了一会儿，小祥实在太馋了，于是钻进厨房：“哥，好香啊，我饿了哥！”说完，就去揭锅盖，一股白色的热气，立即使她眼前变得一片模糊。过了好一会，她才能看清锅里面。

锅里咕嘟咕嘟沸腾着，漂着一层白色的油脂。淡淡的咸香味扑鼻而来，小祥肚子敲起鼓了。

大海走过来，先盛了一碗汤给小祥：“喝吧喝吧，肉还没烂呢，没有熟吃了会生病的。你不要着急啊，就先喝汤吧！”

“真的？”小祥的眼睛闪闪发亮。

“喝吧，慢点喝，还很烫。”大海用嘴吹了吹碗中的汤然后才递给小祥。

“慢点喝呀，又没有人和你抢，慢点慢点。”大海觉得看到小祥的笑就是世界上最幸福的事。

“真香啊哥，你做得真香，这个是我喝过的最好喝的汤了。比我妈妈做得最好吃的都要好吃。对了，我不能喝了，海娘还没有喝呢，还有弟弟们，还有我妈妈……”说着小祥就放下了碗。

“我给他们都留着呢，你来看锅里面还有很多呢！那么大一只甲鱼呢，够吃啦，够吃啦！小馋猫，你快吃吧！”大海笑着说道。

“那我喝啦！”

“喝吧喝吧！”

小祥小口小口地喝着，她想要慢慢品尝这美味，她想要把这种味道一直存起来，她想要永远喝不完的甲鱼汤，她想要……

看着小祥小心地喝着，大海有些心疼。她已经饿了好久了，原本就瘦削的脸已经小了一圈了。

“喝完了再给你盛一碗。还多呢，别急。”

碗上腾着白汽，大海好像看到小祥的眼中亮晶晶的，不知是腾的白气还是什么。

大海的爸爸送回来一些钱和米，小祥的妈妈拿着自己从前买的首饰去卖。两家人互相帮衬着，就像狂风中紧靠着的两棵树，互相支撑着渡过了这次旱灾。

大海和小祥都在慢慢长大。他们会在清晨起来一起上学，一起劳作，会在夕阳下一起走在田间的小路上。时间过得很快，他们都在彼此的时光中陪伴对方，弥补生命中的孤独。

小祥已经上四年级了，这一天，城里来了一男一女找到了村长家，开门见山就说明了来意。他们想要接小祥去城里。

这一消息也不知道是谁传出来的，就像长了翅膀似的飞到村民的耳朵里。

小祥要被接走了，要进城过好日子了。

大海牵着老牛路过巷口，听到小孩们讨论着小祥的事情，心里“咯噔”一下，立马把老牛就近绑在树上，然后头也不回地去找小祥，留下老牛在原地“哞哞”直叫。

小祥家里没有人，也不在同学家里。

她去哪了？难道真的去城里了吗？她怎么不给我说一声啊？一连串的疑问让他现在很烦躁。他就想找到小祥，他要当面问清楚。

忽然他想到一个地方，小祥一定在那里。那是他们经常一起放牛的地方，她一定在那里等着我。

还在想着，大海脚下就变成了跑。他此时的脑海中只有小祥，小祥的笑，小祥的脸，小祥瘦小的身形，你一定要在那里呀。

奔跑得太快，大海被碎石绊倒了，他来不及看是否受伤了，一直往那里跑。

来到大青石旁，他终于如释重负，看到了那个熟悉的背影。

“小祥还在，小祥还在，她不会走的。”大海嘴里碎念着。

“哥，你来啦，我……”小祥说话支支吾吾。她有心事，大海一下子就看出来了。

“哥，你怎么受伤了，你的裤子都破了，快点和我回去包扎一下，都流血了。”小祥带着哭腔。

“我不回去，先听我说，我听说你要走了，到底是怎么回事？”大海着急了，连眼睛都有点红了。

“哥，我也是刚知道消息，没有不告诉你。那个……哥……城里的二姨说接我去城里学习，我……”小祥怯生生地说着，眼里转着眼泪，变得哽咽。

“没事小祥，我来保护你，没有人可以从我身边带走你！不哭不哭啊。”

“哥咱们先回去，先回去包扎伤口，要不我就生气了，再也不理你了。”大海一听妹妹要生气了，立马妥协了，紧紧拉着小祥的手回了家。

小祥的二姨一家还有小祥的母亲此时已经在大海家了。

他们也已经知道了大海和小祥这两个形影不离的孩子已经亲似兄妹，要想带走小祥就得经过大海的同意。二姨把城里的情况给大海一家人说了说。在哪里住，在哪里上学，小祥会生活得很好，小祥的妈妈也会一起去的、她已经给她找好了城里的工作，在这里的日子对一个单身母亲来说真的太苦了。

大海和小祥紧紧拉着手。此时大海的腿已经包扎好了，小祥像往常一样给大海捏胳膊捏腿。他们都没有说话，所有的一切都已经在彼此心中知晓。

经过商量，二姨他们终于同意了在寒暑假让小祥回村子里来住，来和大海玩。

“去吧小妹，城里条件好，有好的书念，有饱饭可以吃。哥很快就会去看你的，你要是想回来就给哥写信，哥就立马过去接你。不管多远，多长的路，哥都会把你带回来。要是有人欺负你就给我说，哥肯定……一直没有让你吃上啥好吃的，我保证会努力读书，以后努力赚钱给你买好吃的。哥对不起你，一直让你受苦。哥真心希望你好，真的，去吧。”小祥从来没有看到过大海哥哭，这是第一次。他哭得很伤心，直到最后说不出话了。

第二天大早，一行人就开始收拾东西，其实也没有什么带的东西，都是大海给小祥准备的。红薯、玉米、鸡蛋装了许多，大海生怕妹妹去了城里吃不饱饭，提醒他要经常给自己写信，注意穿衣，好好吃饭，生病了就要好好吃药……

小祥走了。她走的时候哭成了一个泪人，她舍不得，她舍不得。

阴云密布了整个天空。就要下雨了，微风拂过大海的头发露出了他那双眼睛，已经不像从前那样闪着光。

在那以后，大海经常一个人在草场上发呆，他开始喜欢一个人坐在青石上，望着小祥离开的地方。

金色的阳光透过阴云洒在河面上，长长的黄河绵延曲折，芦苇在微风中轻轻摇曳，云朵慢悠悠飘向远方。一切都是原来的样子，一切都不会变的。

他在等，他会一直等。

她会回来的，他相信。

（中文系 1903）

桃花糕

刘婧

“酒醒只在花前坐，酒醉还来花下眠。”空灵悠长的歌声自远处传来，过路的刘灵灵把肩上滑落的帆布包往上拽了拽，继续赶路。

“这位小女子，急匆匆是要去哪里？”

刘灵灵往左瞥了一眼，一个穿着灰白布衣的老人朝她走来，她警觉地后退了几步，老人好像看出了她的意思，停住脚步不再向前。

“我远看你周围好似有仙气萦绕，何不坐下来和老朽说说话？”刘灵灵左手伸进帆布包里，右手紧紧抓着帆布包带。

“敢问老丈，这是何处？”老人手里拄着拐杖，此时正摸着胡子哈哈大笑。刘灵灵更加紧张，她四处张望，却发现方圆几里都没有人烟，一只狗，或者一只猫都没有。

“老丈，刚刚是您在唱歌吗？”她试图转移话题。

“不错不错，正是老朽。”老人不笑了，表情刹那变得严肃异常，眼神也不像刚才涣散，反而似鹰眼一般，刺透人心。她被这样的目光一下击中了，内心瞬间翻江倒海。这种难受甚至冲上头部，她从包里伸出左手，按住太阳穴使劲揉，可是眼前好像天旋地转，她竟然看见海啸、火山、雪崩……还有，还有那个地方，她心心念念却又异常恐惧的地方。突然眼前一黑，沉重的身子开始摇晃，一会儿，她好像听见一声轻响，身子轻松了不少，只是她还没有办法睁开眼睛。

不知过了多久，刘灵灵感觉到有东西在疯狂地刺激她的眼睛，她把双手放在眼睛前方，慢慢睁开一条缝，从手指缝隙间她知道刚刚的不适感是刺眼的阳光造成的。她转了个方向，背对着光，开始打量周遭。

她记得她好像晕过去了，晕倒之前她还在赶路，背着帆布包。周围空荡荡的，全是石子路，坑坑洼洼，没有一点标志性的路标或是物品。而此时她醒来的地方，竟如此美丽！

她斜靠在树干上，绿意盎然的草地在她旁边铺展开，上面间或落着星星点点的粉色小花瓣。她轻轻捏起一片花瓣细细端详“1—2—3—4—5……这是桃花！”这时，刘灵灵又闻见一股似曾熟悉的味道。

“小姑娘，你醒了？”一个沙哑但温柔的声音从背后传来，刘灵灵惊起回头，手中花瓣趁机逃走。“您是？”

“别怕别怕，你可以叫我柳婆婆，你晕了一天，老头子把你带回来的，你且好生休息，我去给你弄点吃的。人啊，不能不吃饭的。”柳婆婆说着就朝连成一片的青山方向走去，步履轻快有劲。

刘灵灵还想说些什么，柳婆婆已经走远了，她只好作罢，虽然晕了一天，她此时却感觉全身充满了能量无处释放。因而她站起身来，拍拍衣服上的草根，顺着鹅卵石小路向前走着。

不远处有一座小桥横架在小溪上，她小跑过去，那里好像有什么东西在吸引着她，但是还没来得及跑上桥，树丛里突然蹿出一个粉嘟嘟的小孩，猛地扑过来挡住她的去路，“哥哥！哥哥！我抓到了！你看！”小孩白白胖胖的手掌里有一只蚂蚱，与此同时，柳树后面走出来一名年轻男子，刘灵灵又本能地后退了几步。男子低头朝小孩走去，根本没有看她一眼。他抱起小孩，小孩紧紧拢住双手，脸上笑开了花，这样的笑容纯粹极了，甚至比刚刚看到的桃花更加醉人，再加上小孩身上的淡粉色长裙，宛若走入万花丛的百花精灵。刘灵灵恍惚了一下，那笑容，好像在哪里见过，桃花般的笑容，好熟悉啊，到底是在哪里见过？她一定见过的。可是随即她甩了甩头，一用力回忆她就头痛得厉害。

年轻男子肩上的桃花跌落，微风吹起他的白衣，刘灵灵还没来得及看，那男子已经消失在柳树后了。她径直走向小桥，才发现刚刚远处看到的只是桥身的一部分，这座桥弯弯长长，有一半桥身都被柳条遮住了，灰色的小桥下溪水潺潺，鱼翔浅底。阳光照射，整条小溪金光灿灿，分外夺目，浅蓝色的溪水上浮着一瓣又一瓣的淡粉色桃花，间或有几条绿油油的柳条拂过。小小一方景致里，竟容下了这许许多多的色彩，色彩斑斓，相映成趣。

“小女子，你怎么跑到这里来了？”自称老朽的那位老者拄着拐杖再次出现。他目光柔和，一脸笑意。

“老丈，你为什么带我来这里？”此时诸多的疑惑让她想一次问个清楚，但话脱口而出却只剩下这唯一一个问题。

“哈哈哈，哈哈哈，别急，别急，走，先跟我回屋去。”老人说完就朝柳树深处走去，也不管刘灵灵有没有跟在后面。既来之，则安之，何况她已经爱上这里了。刘灵灵跟在老人身后，但还是保持着一个合适的距离。

大概走了五百米左右，刘灵灵看见一座瓦房，深灰色的瓦片层层压着，大门上的铁栓已锈迹斑斑，看起来有些年份了。大门后面堆着厚厚的茅草，老人领着她从石子路进了正对大门的一间房。

屋里，柳婆婆坐在炕上，刚刚的年轻男子和小孩正在地上玩着蚂蚱，房间里只有一张棕色方桌和一个淡黄色柜子。“小女子，过来坐下吧。”老人用手拍了拍炕，刘灵灵顺从地坐下。

“这里是？”刘灵灵脱口又问出了刚刚问过的问题，“为什么带我来这里？”

“我早就说过了，她这样的人根本不愿意再回来！”年轻男子冷不丁冒出一句话，极温柔的语气却像一把尖刀，血淋淋地刺向她。男子说完这句话，疾步走出房间，小孩捉的蚂蚱趁机逃跑了，小孩也不顾惜裙子，趴在地上左找右找都找不到，一下子哭了，哭声尖利刺耳，这声音让刘灵灵浑身起了一层鸡皮疙瘩。那蚂蚱就像刚刚她手里的桃花，稍微一个不留意，便急匆匆地逃离那些不属于它的地方。

柳婆婆下炕抱起地上的小孩，在怀里左右摇晃，上下抱举，“囡囡乖，囡囡乖，等会儿让哥哥再给你捉一只好不好？”女孩哭声慢慢小了，但眼里还是不停地涌出眼泪。

“不好意思，让你见笑了。”老人对刘灵灵说。

“不会不会，许久不见这样的烟火气了，倒也挺温馨的。”刘灵灵从刚才的惊吓中慢慢缓过神，阵阵暖流充溢心间。

“杨杨的话你别放在心上，他脾气就那样，其实这孩子心肠很好。”老人眼里闪过一丝落寞，唇角向下耷拉，额头上隐隐现出一条又一条的皱纹。

“没事，不过他为什么说那样的话？”老人不再答话，柳婆婆也不再哄女孩，囡囡也不哭了。刘灵灵满脸狐疑，心中更是难受，但既然他们都不愿说，那她也不好再追问下去，只是嘴角稍稍上扬，安静地凝视着屋里的三个人。

屋外，杨杨端着一盘桃花糕走进来。他双手捧着盘子，轻轻放在方桌上。“杨杨，去带囡囡捉蚂蚱。”柳婆婆把囡囡放在地上，杨杨拉着女孩白白净净的小手出去了。“桃花糕放桌上了，时间一长就不好吃了。”这是杨杨出门前的最后一句话。

“这孩子太倔了，也可怜啊。”柳婆婆看着杨杨渐行渐远的背影喃喃地说。“小姑娘，尝尝桃花糕，刚做好的，新鲜。”柳婆婆把桃花糕端过去。

刘灵灵拿起一块，糕点还有温度，暖意直抵灵魂，四四方方的乳白色糕点上有一朵完整的五瓣粉红色桃花，放进嘴里，还能闻到新鲜桃花的淡淡香味。糕点在嘴里入口即化，口感醇厚酥软。半个桃花糕下肚，刘灵灵感觉胃里好像有一朵朵桃花在盛开，这感觉简直太美妙了！“这糕点实在是太美味了！”柳婆婆笑着又递过去一块。“柳婆婆，不了不了，糕点不多，我尝尝鲜就行。”“傻孩子，我们想吃随时都能做，倒是你不常来，所以多吃些，没关系的。”刘灵灵怔住了，熟悉又温暖，总感觉似曾相识。这里，她是不是来过？这些人，她是不是很久之前就见过？

正午风小，柳树几乎静止不动了，柳婆婆去做饭，杨杨和囡囡还没回来，老丈也出门了。刘灵灵想起来昨天这个时候，她听到过老丈的歌声，曲调悠长，后来就晕倒了。她没有和柳婆婆打招呼就走出去，走到她醒来的桃树那儿，果然听到熟悉的歌声。她循着歌声往前走。“等等，这个还你。”杨杨左手拿着帆布包，右手拉着囡囡。“谢谢你。”刘灵灵接过帆布包，两人面对面看着对方，彼此都没有说话，偶有一阵风路过，吹起少年的白衣。“路上小心。”杨杨说完转身离开，朝柳树方向走去，步伐从容稳健。“谢谢你。”刘灵灵怕他听不到，就提高音量又说了一遍：“谢谢你！”

刘灵灵顺着歌声的指引走到昨天的石子路上，她四周看了看，远处有一个身影，很小很小，不知道是不是老丈。“再见。”刘灵灵像是自言自语，又像是和谁在告别。

“她又不辞而别了。”杨杨回到小屋和柳婆婆说：“为什么不让她留下？”囡囡手里又有了一只蚂蚱。

“这样不是很好吗？她还会来的，这样就够了。”柳婆婆语气里多了一份落寞。“对了，这次也放进去了吗？”杨杨抱起囡囡，囡囡手里玩着蚂蚱，左肩的裙带上落着一片五瓣桃花。“放心，和之前一样。”柳婆婆望向远方，太阳准备落山，慢慢收敛了阳光，她颤颤巍巍地举起右手挥了挥，双眼眯成两条小缝，干裂的嘴唇因为用力显得更加粗糙，午后的阳光闯进屋里，紧紧地抱着柳婆婆。

“今年桃花开得盛啊，老婆子，咱们试试酿桃花酒吧。下次小女子再来也好让她尝尝鲜，不能每次都只有桃花糕啊。”老丈也回到屋里，灰白布衣上落有几片桃花花瓣。柳婆婆走近，拂下一瓣桃花放在手心细细端详：“是啊，不能总做桃花糕，老头子，咱们今年酿桃花酒，杨杨和囡囡也跟着一起酿吧。”囡囡高兴地在地上跳着拍手，左肩上的桃花也随着跳动的身体掉落下来，蚂蚱又一次逃跑了。这次，囡囡没有哭，而是笑了，笑声还是尖利刺耳。后来，一家人都笑了，憨厚深沉的笑声、温顺柔和的笑声、清脆悦耳的笑声，杂同那尖利刺耳的笑声，一起融进了桃花糕里，一起酿进了桃花酒里。

刘灵灵回到家中，收拾帆布包的时候发现布包夹层里有六瓣桃花，还有一袋桃花糕，完完整整也是六块。“这些桃花糕都是哪里来的？”母亲正在整理床铺，听到刘灵灵问起桃花糕，回答道：“是隔壁的慧婆婆送过来的，我就顺手给你放包里了，明天你带去学校吃了吧。”刘灵灵应答了一声，她小心翼翼地取出包里的六瓣桃花，走到她房间的书柜前，从第二层拿下一个包装精美的礼盒。她坐在深棕色的写字桌前，打开礼盒，取出一个精装笔记本，小心翼翼地翻开一页，把这六瓣桃花依次放进去，之后慢慢合上本子，书页缓缓略过，五瓣桃花、四瓣桃花、三瓣桃花、两瓣桃花、一瓣桃花、扉页工工整整写着一篇文章，密密麻麻看不清全文，只看到题目好像是《桃花源记》。她把本子重新放回礼盒里，再次移步到书架前，把它放回第二层上，然后坐到自己的床上，看着窗外黑黑的幕布，一会儿这边亮一下，一会儿那边亮一下，一会儿上边亮一下，一会儿下边亮一下。她从包里捏出一块桃花糕，轻轻咬下一口，怎会如此索然无味?

她看着手里的桃花糕，将未吃完的半个放在鼻下，味道并不香醇，刚刚咬下的那一口，此刻还停留在嘴里，没有融化。好奇怪啊，明明刚刚的桃花糕还那么美味那么醇香，怎么现在满满的却是工业流水线的味道，手里的桃花糕好像不再是软软糯糯的精致糕点，突然变成了又硬又冷的铁块。刘灵灵把剩下的半块糕点放在书桌上，竟没有一点糕碎儿撒落，她看着盒子里剩余的五块，顿时没了味道和兴致。

收拾收拾后上床睡觉。夜幕垂帘，她没有拉窗帘，黑色的夜空就是她最爱的帘幕，上面还缀有月亮和星星，忽明忽暗，闪烁有度。又是一阵微风，吹起了黑色的帷幕，悄悄透出一丝光来，一位白衣少年，拉着粉色裙子的小囡囡，囡囡白白胖胖的小手里紧紧攥着一个简陋的包装盒，不是橙色，也没有红色，像被偷走了所有颜色般地躺在囡囡手里。“姐姐，这是我最爱的桃花糕，送给你吃！”稚嫩的声音，好熟悉啊。白衣少年也走过来，一只手里拿着一个小瓶子，瓶身通白，纯净无瑕，瓶颈还藏了几朵桃花，不过不是粉色的。瓶口没有封，直到他将瓶子递过来，刘灵灵才闻到一丝细细的绵长的香味，那样熟悉。

“小女子，尝尝我们新酿的桃花酒吧。”这声音好像是从很远很远的地方传来，空灵得很，但是她却真真实实地听到了，而且听得十分清楚。不知道为什么，她没有说话，而是顺从地接过了那盒桃花糕和那瓶桃花酒。小心翼翼地打开盒子，里面整整齐齐摆放着七块桃花糕，每一块上面都有一朵五瓣桃花若隐若现，一半藏在糕点里，一半藏在刘灵灵心里。只有这二者相遇，才能开出一朵真正的桃花。刘灵灵虔诚地拿出一块桃花糕，未至鼻下，已嗅其香，至于口中，一含即化，跌进心里后开出朵朵桃花。这样的味道，熟悉得很。

四周寂静，刘灵灵又提起那瓶桃花酒，瓶口的缕缕醇香已让她欲罢不能。她倾斜瓶身，瓶中的桃花酒自瓶底如涓涓细流唱着歌儿流进她的心底，滴滴入喉的同时，耳边似乎响起了“酒醒只在花前坐，酒醉还来花下眠”的歌声，这种满足和幸福也异常熟悉啊。“太好喝了！”话一出口，偌大的寂静瞬间被打破，但是没有人怪罪她，刚刚那行人，脸上都带着笑慢慢离开了。刘灵灵看到了憨厚深沉的笑容，看到了温顺柔和的笑容，听到了清脆悦耳的笑声，听到了尖利刺耳的笑声，她也笑了，是沉默长久的笑，她知道手中的桃花酒为何如此美妙，桃花糕为何如此美味了。

她打开笔记本，在扉页的下方，悄悄写下一份秘方配料表：以淳朴为底料，加入真诚的调味剂，辅之各种笑容的着色剂。她看着书桌上未吃完的那块桃花糕，周围多了很多糕儿碎，还有七瓣桃花。她捧起那些桃花，照旧放进笔记本中。合上笔记本后，她悄悄地想，大概那本书最后会长成一棵桃树吧。

（中文系 1801）

诗歌篇

黄河，我的一生所属

刘子钰

我

做过很多梦

但梦到最多的是你

我

去过很多地方

但始终忘不了的是你

尽管

你经常容易生气

喜欢发怒

我的家乡
在你的愤怒之下
被淹没了很多次

时节如流
如今深埋于地下的
是六座城池

尽管如此
我还是无法忘记
你的恩情

尽管你很调皮
但几千年来
你不求回报地哺育着我们

不论怎样
我的心
早已经同你在一起

如果有一天我离开了人世
我希望

流淌在你身上的

不只是我的骨灰

还有我的心

（外语系 2004）

黄河岸畔，筑梦中华

赵艺彤

漫天飞沙，尘土飞扬，
滔滔河水，流经身旁，
流向那千年的记忆。
黄河之水天上来，
中华文明顺应而生。
古老的黄河啊，
孕育了无数的中华子孙，
继承着悠久的历史，
创造了美好的今天。
你看，春日的黄河水缓缓而来；
划破了厚重的冰块。

夏日的河水犹如凶猛的龙，
一路飞奔。
而秋日的黄河如同百米冲刺一般，
奔向更加宽阔的渤海。
冬季的河水似被那寒风打击了自信，
收敛了狂妄。
你看，这千年的文明又如此宽容，
养育着无数的水生生命，
供给两岸百姓足够的资源，
滋润着千年文明。
那英雄的黄河啊，
缔造了多少人间奇迹；
如诗般的黄河，
成就了多少精美文章。
如同烛光下的母亲，她摆弄着手中的针线，
弯弯绕绕，缝合破裂的土地。
当我漫步于黄河岸畔，
驻足于渡口，
凝望滔滔河水，聆听自然声音，
平静的河水驱散了心中的烦闷，
享受大好河山的美妙。
黄河之水川流不息，
时光之轴转动不止。

我们中华民族的儿女啊！
梦起于此，殷殷盼望。
花开又花落，云卷又云舒。
就让中华之梦，
在这个时代留下辉煌的一页！
那多少年的梦想，
也终将在这里实现！

（生命科学系 2006）

母亲河

王喜乐

黄河，我的另一位母亲
陪伴我走过十几年的岁月

早在我先你就在那
静静地流淌默默地付出
可幼小的我却不知你的存在

等到我的双脚
带着我来到你的面前
我都未曾真正了解你
直到我听到了

关于你的故事
我仿佛才开始真正了解你

英雄事迹在你的身边上演
中华文明在你的哺育下孕育
中华民族在你的呵护中成长

站在你的身边
聆听你的声音
心里多了分欢愉
望着你向东流去
爱也随之送去远方
隔着你望着远方的亲人
你仿佛成了心灵的桥梁
寄托着我们的思念

你千年来的无私奉献
只为炎黄子孙的代代幸福
你的爱值得我们永远称赞

在过去的岁月中
我们似乎只是一味地习惯你的付出
却不想你的需要和

你付出的代价
是你早已不复从前
你用你的严厉
让我们明白自己的错误
学会与自然相处之道

回想当初
我们是多么渺小卑微
承蒙你的爱护
陪伴我们走到如今

在未来的时光
请让我们用行动
来报答你的付出
只愿你依然健康相伴

黄河，我伟大的母亲河
你的爱永存我们心中
我们永远赞美你

（中文系 2004）

黄河

史佳奇

河流迅，浊远，掠影，绘龙腾万里。
势磅礴，浩瀚，惊天，入瀚海无涯。
孕生命绵延不绝，
延文化川流不息。
流贯万里，
掀起万丈狂澜。
穿越九地。
结成九曲连环。
携风色涛声，引万里豪笑。
烟波袅袅似千军万马咆哮。
我站起身，忘情前行，

只是稍微驻足，

神思，凝望；

梦中的汹涌，夹杂了最热烈的期盼，

而眼前，却是旷远而趋于平淡。

五千年的古国文化，从你这儿发源。

多少英雄的故事，在你的身边上演。

你把百舸船舶抱在怀里，

你把衣襟长袖紧系两岸的心，

流过泪，

才懂得情的真谛，

黄河最美，

在我心里，

永远都不会是过去。

（美术与工艺设计系 1908）

黄河

李家正

这断崖下的惊涛滚滚
好似仙人擂鼓浩浩荡荡
一泻千里奔腾而去
阵阵嘶吼便是铿锵的誓词
伟岸的身躯串联九曲十八弯
使天下人都仰慕你的风采
巴颜喀拉山下的一汪水潭
正是气度不凡
容纳百川后的气象
竟引得天河自惭
我可恨没有七尺青锋

与这雄浑的气势共武一剑

便是顿生满身气胆

你说我腹有才气

那只是入梦的呓语

丝毫没有威势可言

我愿背箧赏山河

也愿提笔作佳话

你问我为何骄傲疏狂

哪还得知

这独属中华儿郎的荣光

（中文系 1906）

黄河，我的母亲河

鲍芳芳

古老的黄河
您似一匹很难驯服的野马
任意奔流
您又好像一位慈爱的母亲
孕育了中华之魂
闪烁着中华的魂魄
如诗的黄河
王之涣用您来写戍边士兵的怀乡情
苍凉慷慨，悲而不失其壮
刘禹锡用您来暗喻人生之路的曲折坎坷
奔腾千里，出神入化

成就无数精美篇章

英雄的黄河

您是我们民族的摇篮

您以英雄的气魄

缔造人间无数奇迹

美丽的黄河

您澄净己躯

混浊的黄，那是您最爱的颜色

您跨越生死

步履沉重，踩碎大地的不甘

你承载荣耀，光辉，步伐阔达，漫步人心

明天的你会更加夺目！

（数信学院 2003）

悠悠黄河情

李烨含

悠悠岁月
岁月中从天而来向天去
流淌着那不息中华文明
它奔腾了百万年的声响
咆哮着民族流淌的期望

悠悠岁月
它虽是自古多洪涝
也被先人精细改造
牡丹和莲花开两旁
黑色繁衍黄色茁壮

悠悠岁月

道不尽多少曲折与沧桑

一同都化为翻腾的浊浪

每一处飞溅起的激荡呐喊

于过去现在未来

汇聚于一处

悠悠岁月

情播沃土描春叶

抚育儿孙捧爱心

大河百折向东行

万里胸襟天下名

悠悠岁月

悠悠黄河情

悠悠黄河万古流

（经济管理系 2006）

黄河礼赞

范佳欣

你从天际而来，
浊浪滔天，黄沙滚滚，
千百年来你从一而终。

你从远古而来，
蜿蜒九曲，金涛澎湃，
千百年来你奔腾向前。

你从记忆走来，
文人墨客，赤子豪情，
千百年来你气势磅礴。

你从历史走来，
钟灵毓秀，源远流长，
千百年来你历经沧桑。

览百川之宏壮，
穿越九省（自治区）你流贯万里；
潜昆仑之峻极，
冲破山谷你横贯中国。

黄河啊，你古老而年轻，
黄河啊，你博爱又温情。

（政法系 2002）

黄河情

范莉媛

看黄河汹涌澎湃
如身披金甲的大将驰骋疆场
在这奋进逐梦的新时代
书写新的篇章

你九曲十八弯
沿途风景美如幻
巴颜喀拉作根源
用天空当调色板
把雪山绵延

那厚重的黄土是你的臂膀
撑起无数中华儿女的希望
同时
你给我们以前进的力量
孕育出新的希望

你是我们的榜样
你是我们生平的向往
那万马奔腾的宽
一望无际的平坦
母亲河勾勒出无限的灿烂

（中文系 2003）

黄河，我爱您

郑一波

黄河母亲，我爱您
是您！破开迷雾，驱走孤寂
是您！通达智慧，开启灵魂宝藏
五千年来，您如巨龙匍匐在大地，将中华大地完美连接
五千年来，您欢扬恣肆展现您的伟岸风姿
诗人用最华丽的篇章赞颂您：君不见黄河之水天上来
词作家用最诚挚的语调歌颂您：黄河在咆哮
虽然您的外表不是华丽的
但您的容颜跨越了千万年
您把百舸船舶抱在怀里
春秋更迭，您来了又走，走了又来，带走了无数执迷的人

生死在您眼里，轮回在您眼里，我们在您眼里
您澄净己躯，混浊的黄，那是您最爱的颜色
您从亘古走来，又一路风尘向远方走去
您是一首古老的歌谣
您是万代千秋传诵不绝的祖训
您是一部浩瀚的文明史诗
您是中华泱泱五千年文明不竭的源泉
我们祖国的英雄儿女
要像您一样的伟大坚强
要像您一样的伟大坚强！

（生命科学系 2004）

黄河赞歌

张瑞雪

黄河，
人间的奇迹。
你源远流长，
发源于巴颜喀拉山
终汇入渤海怀抱。
你历史悠久，
追溯于三皇五帝，
流传至我们的新时代。
你旅途漫长，
山地，平原，丘陵，
皆为你所过之地。

你沿途绮丽，
壶口、潼关和小浪底……
无一不震撼人心。

黄河，
我们的母亲。
你吻过的树深埋地下，
化成了石油和煤炭，
给你的大合唱奏响热望。
中华这棵常青树，
啜饮着你的乳汁，
结出了五十六个神圣种子，
绘制了古国曲折向前的历史。

啊，黄河！
人间的奇迹，我亲爱的母亲。
五千年来，你的伟岸风光，
始终屹立在中华大地，
此刻，请聆听一个孩子的诉说：
君不见黄河之水天上来，
是诗人用华丽的篇章赞颂你；
黄河在咆哮，
是作曲家用诚挚的语调歌颂你；

黄河，是梦，是爱，是传说，
更是蕴藏在心的千千结，
这是我用平实的语言向你表白。

啊，黄河！
你是中华文字的生母，
是一部古老的诗史，
是祖国一条悠长而坚韧的纤绳，
更是我们永远热爱的母亲。

（中文系 1904）

心系黄河

杜佳

从天而来

向天而去

是她

黄河

缔造人间无数奇迹

哺育人间无数生命

描绘人间美丽故事

她也曾奔放过

流浪过

也狂笑过

我想走近她

轻轻抚摸她
感到她的宽广
也曾伫立观望过
观察她的细腻
春秋更迭
夏冬往复
她来了又走
走了又来
多少个日日夜夜
想她想到夜不能寐
所有关于她的故事
都魂牵梦绕
金戈铁马
黄河荡荡
她走过了茫茫沙漠
走过了高山峻岭
走过了中华大地
留下了她的足迹
黄河
五千年文化历史长河
她是不枯的血液
滋养着她的子孙
啊

黄河

你是一条巨腾的蛟龙

我该用什么语言来表达我的心情

用什么样的行动来证明我是你的子孙

唯有流过泪才懂得情的真谛

唯有在你怀里才能懂得你的胸怀

黄河母亲

心系于你

一生无悔

（中文系 2003）

致我的黄河母亲

黄婉秋

远远地，
我望见了您，
于是拼命地向您奔去。
您用层层激流，
一遍遍地，
为我拍打着一身黄尘。

我木讷地站在您的面前，
看着您张合的嘴，
听着您梦呓般的呢喃——
快快长大吧，
我亲爱的孩子！

我承许了您的期望，

如河鸭一般迅速长大。

长大的河鸭，

延续了丑鸭变天鹅的神话。

一展羽翼，

我要翱翔天下！

然而，

您却不再说话。

我明白，

您是后悔了我的长大。

但后悔代替不了胸怀的博大，

转个弯与我作别天涯。

临行时，

我向您承诺：

飞越名山大川，

览尽古今中华，

孩儿定当归来，

许您世代繁华！

（外语系 2007）

组诗

张平

一　成就

丝绸精心布局
成就了霓裳的华美
自己也沉浸在这快乐中
悬崖巍然静伫
成就了松柏的孤傲
自己也守护这份高尚
落叶随风铺在百合花的根土
成就了花草的肥沃
自己也默默体会着生长

教师谆谆细语

成就了学子的人生

自己又继续指引着后来人

万物皆幸福

二　冬的来到

一觉醒来

一场大雪飘飘然

点亮了我的目光

冬天该有的样子啊

睡眼惺忪中

家人围在炉边熬芥菜

酝酿一冬的酸香

直往鼻里钻

候鸟南飞许久

想必定在江南的天空

享受别样冬景

冬天　真好

三　梦想

长满爬山虎的墙角

一只蜗牛

背着背包

日日爬行

想看看墙那边的风景

桑树伸展的枝丫

是蚕蛹的小窝

它积蓄潜力

静待破茧成蝶之日

在深层泥土之下

几颗蔷薇花的种子

大口吮吸着营养

想要探出头

向晨曦致意

远处亭台阶上

琅琅读书声

惊醒了沉睡许久的

钟声

四　半轮残月

半轮残月

才上江浙的枝头

满院月光
盖在苏绣的精致上
小凳上的绣娘
眼里映透着绣光
院东南角的星空
折射出别样的光芒
噢！
那是昨夜掉队的流星

（中文系 1901）

后记

习近平总书记指出："黄河文化是中华文明的重要组成部分，是中华民族的根和魂。要推进黄河文化遗产的系统保护，守好老祖宗留给我们的宝贵遗产。要深入挖掘黄河文化蕴含的时代价值，讲好'黄河故事'，延续历史文脉，坚定文化自信，为实现中华民族伟大复兴的中国梦凝聚精神力量。"研究阐发黄河文化的内涵精髓，推动黄河文化保护传承弘扬，是贯彻落实习近平总书记重要讲话精神，推动黄河流域生态保护和高质量发展的重要任务，是铸牢中华民族的根和魂，增强文化自信自立自强，为中华民族伟大复兴提供强大精神动力的必然要求。

文化传承是高校的一项基本职能。高校在保护传承弘扬黄河文化方面担负着义不容辞的时代责任与历史使命。运城学院扎根河东大地，厚植文化热土，秉承"立德有为"校训，以服务地方经济社会发展为基本导向，以培养应用型人才为主要目标，积极融入保护传承弘扬黄河文化的国家发展战略，在人才培养、科学研究、社会服务、文化传承与创新等方面取得了显著的成绩。

依托山西省高等学校人文社科重点研究基地黄河文化生态研究院，共青团运城学院委员会、运城学院中文系于2020年联合举办首届“黄河情”文学作品创作大赛，旨在引导和鼓励大学生讲好“黄河故事”，坚定文化自信，同时强化大学生的专业特长，提高写作能力、思维能力与文字组织能力，落实立德树人的根本任务。本书将大赛优秀作品集结出版，充分展现出新时代大学生的专业素养与人文情怀，在黄河文化融入高校育人机制的探索与实践上具有较强的理论意义与应用价值。

大赛的举办与作品的出版，得益于大家的努力与付出。感谢运城学院领导的高度重视，感谢中文系同事的大力支持，感谢作品作者的辛勤创作，感谢出版社编辑的悉心指导。

因学识与经验有限，缺漏与错误在所难免，恳请大家多提宝贵意见，以期此项工作做得更好。

周国祥

2023 年 3 月 15 日于运城盐湖畔